I0822799

Chamanismo

Desvelando la sabiduría chamánica, los guías espirituales animales, las plantas aliadas, los rituales de viaje y las prácticas de los antiguos curanderos

Tabla de contenidos

Introducción

El chamanismo es una de las formas más antiguas de prácticas religiosas y espirituales relacionadas con las sociedades tribales e indígenas. Los chamanes tienen el poder de conectar con un reino de conciencia más elevado que el que proporciona el mundo físico y utilizan este poder para aprovechar las energías curativas y protectoras de esos reinos superiores.

Los chamanes no trabajan solos porque creen que todo y todos en el universo están interconectados y provienen de la misma fuente o espíritu, como ellos lo denominan. Los chamanes no crean nuevas energías. Aprovechan las energías de otros reinos "viajando" a estos lugares y utilizando la energía recuperada y, a menudo, la información y los conocimientos críticos para sanar y proteger el mundo físico.

Este libro pretende ofrecerle una perspectiva completa del chamanismo. Trata todo lo relacionado con el chamanismo. El libro lo explica todo, desde quiénes son los chamanes y su filosofía hasta las herramientas chamánicas, los estados chamánicos, el viaje chamánico, los aliados vegetales y mucho más. Lo más importante es que el lenguaje utilizado en el libro es claro, sencillo y absolutamente fácil de entender.

Las definiciones, los conceptos y las complejas y estratificadas teorías se desglosan en pasos cortos y sencillos que son fáciles de aprender y dominar. Además, los numerosos métodos prácticos e instrucciones que son prácticamente aplicables en su vida diaria le asegurarán que está todo listo para iniciar el fascinante viaje al mundo del chamanismo sin que apenas queden preguntas sin responder.

Completamente desprovisto de complejidad, el libro contiene rituales, ceremonias, prácticas, herramientas, consejos, trucos y sugerencias sobre cómo iniciar su camino chamánico y cómo desarrollarlo para que pueda convertirse en un poderoso chamán por derecho propio. Incluso si sus ambiciones no son muy elevadas, este libro puede ayudarle a utilizar los ideales y principios del chamanismo en su vida personal, lo que le conducirá a una perspectiva más significativa y con propósito de sí mismo y del mundo que le rodea.

Repleto de historias reales de chamanes que encontraron su verdadera vocación a través de sueños, visiones y mensajes de más allá de los reinos humanos, se sentirá inspirado para convertirse en chamán cuando termine el libro. Lo mejor de este libro es que no necesitará otro recurso hasta que se sienta preparado para adentrarse en aspectos más profundos del chamanismo. Para un principiante, los recursos de este libro serán más que suficientes.

El libro también incluye una sección extra al final en la que se detalla un programa chamánico de dos semanas que puede incorporar a su vida diaria. Así pues, comencemos el fascinante viaje al mundo del chamanismo. Pase la página y siga leyendo...

PRIMERA PARTE: INTRODUCCIÓN AL CHAMANISMO

Capítulo 1: ¿Quiénes son los chamanes?

Históricamente, se cree que la forma más antigua de chamanismo conocida se originó en Siberia y sus alrededores. Los chamanes desempeñan muchas funciones en las tribus o comunidades, entre ellas la de sanador o curandero (como se les denomina), la de intermediario espiritual entre el mundo físico y el espiritual y, muy a menudo, la de sabio cuyo consejo siempre se buscaba. En la lengua local de Siberia, chamán se traduce vagamente como *"el que sabe"*.

Historia del chamanismo

La historia del chamanismo es variada y rica en narraciones, cuentos, leyendas y mitos. Como ya se ha mencionado, se cree que el chamanismo se originó en Siberia. Según las numerosas historias, los miembros de una tribu indígena siberiana se reunían en torno al hongo altamente psicoactivo llamado *agárico de la mosca* para realizar rituales y ceremonias.

Aunque esta "reunión en torno al agárico de la mosca" llegó a ser clasificada y conocida como chamanismo, cuando esta historia se extendió por todo el mundo, se vio que muchas culturas y tribus tenían prácticas similares. Por lo tanto, el chamanismo es una de las prácticas espirituales más antiguas que se llevan a cabo en varias culturas y tribus de todo el mundo, incluidos los sistemas de creencias siberianos, de los nativos americanos, de los indios, de los africanos y de los sudamericanos.

Lo más importante es que se puso de manifiesto que las prácticas chamánicas no se basaban en la religión, sino en el animismo. Este sistema de creencias enseña que todo en este mundo es un ser vivo dotado de un espíritu. El chamanismo es a menudo malinterpretado y visto como una forma de vida primitiva. Debido a esto, se ha enfrentado a muchas críticas tanto de grupos religiosos como de gobiernos de todo el mundo.

Afortunadamente, la idea y la práctica del chamanismo han resistido los embates del tiempo y de la opresión gubernamental y religiosa para seguir siendo una práctica popular utilizada en múltiples aplicaciones, incluyendo la curación mental, física y emocional, el trato con los espíritus de los planos de conciencia superiores, la superación personal y mucho más.

Entonces, ¿qué es exactamente el chamanismo? Se cree que es la idea central de la existencia de la vida. Los chamanes tratan de forjar una conexión con el mundo espiritual, comunicándose a través de rituales y prácticas. Algunos describen esto como estar en sintonía con un plano superior de conciencia. Hay muchas razones para hacer esto. Una parte importante de ser chamán es conversar con los ancestros (contactar con los espíritus de los familiares que han fallecido nos ayuda a entendernos a nosotros mismos y a nuestro mundo).

Entonces, ¿qué es exactamente un chamán? El aspecto más importante del chamanismo es que se preocupan por el bienestar y la bondad de toda la comunidad a la que pertenecen. Su preocupación no se limita a un individuo o a un grupo privilegiado, ni siquiera a ellos mismos. Se preocupan por todas las formas de vida que les rodean, incluidas las plantas, los animales, las personas y también el medio ambiente.

Los chamanes viajan al mundo espiritual utilizando diversas técnicas para alcanzar un estado mental extático conocido como trance. Algunos chamanes pueden incluso sufrir cambios físicos llamados transformaciones. Las técnicas utilizadas para alcanzar este estado mental son diferentes en las distintas culturas y sistemas de creencias. Por ejemplo, los chamanes de las tribus nativas americanas utilizan técnicas de privación para alcanzar el trance. Ayunan durante largos periodos y/o se aíslan y permanecen fuera del alcance de la gente durante largos periodos de tiempo.

El chamanismo en diferentes culturas

Veamos cómo funciona el chamanismo en diferentes culturas del mundo.

El chamanismo siberiano

Muchos llaman a Siberia la cuna del chamanismo. Los chamanes eran muy venerados en toda Siberia y Mongolia. Se dice que los pueblos agricultores de Siberia fueron uno de los primeros grupos en practicar el chamanismo. Los chamanes podían ser iniciados de cualquiera de las siguientes maneras:

- Por otros chamanes más antiguos.
- Realizando viajes espirituales solitarios lejos de la tribu para aprender sus formas místicas y conectar con el mundo espiritual y sus habitantes.

Había diferentes tipos de chamanes en función de sus habilidades de especialización. Los chamanes se concentran principalmente en un aspecto del chamanismo, perfeccionando su oficio de forma que pueda ayudar a los demás. Esto puede significar la sanación física, mental, emocional y espiritual o alejar a los espíritus malignos. Las yurtas (tiendas redondas portátiles) se encuentran en toda la región siberiana donde se encuentran los nómadas y tienen un simbolismo clásico en el chamanismo.

Las yurtas se elevan desde la tierra y apuntan hacia los cielos, conectando los mundos físico y espiritual. El humo que emana del centro de una yurta representa el camino recorrido por el chamán que realiza un ritual hacia el mundo espiritual.

Los chamanes siberianos alcanzan el estado mental extático más comúnmente a través del uso del agárico de la mosca. Este hongo altamente venenoso puede tener efectos mortales si se toma en dosis equivocadas. Los chamanes entrenados y experimentados saben qué cantidad debe utilizarse y las dosis exactas que deben administrarse para obtener resultados precisos sin ningún efecto secundario peligroso. Los chamanes alimentaban a los renos con esta seta, recogían la orina del animal y la consumían. Haciendo esto se evita el veneno a la vez que se consigue el efecto psicodélico.

Hay una historia interesante que relaciona a Papá Noel con los chamanes siberianos que comen setas. Los hongos agáricos de la mosca tienen un distintivo color rojo y blanco y, por lo tanto, son uno de los hongos más reconocidos en el mundo. Los efectos psicodélicos son causados por el ácido iboténico, en el que esta seta es rica.

Se cree que la túnica roja y blanca de Papá Noel representa las manchas de color similares que se encuentran en el agárico de la mosca o amanita, que era una mercancía muy valiosa y se consideraba tan valiosa como un reno, el poderoso y leal animal de aquella tierra. Como ya se ha mencionado, beber la orina del animal o de la persona que ingería esta seta era el método preferido y más seguro de consumo de Amanitas. El ácido iboténico se filtraba a través de los riñones para formar un compuesto llamado muscimol. Este compuesto producía los efectos psicodélicos sin veneno. A los renos les encantaba el muscimol.

Se creía que la persona que consumía muscimol empezaba a parecerse a las setas rojas y blancas que daban a Papá Noel sus colores característicos. Ahora bien, para tener una perspectiva chamánica, un chamán era la persona que consumía muscimol, trascendía el mundo físico, se acercaba a los espíritus sabios del mundo espiritual y regresaba con sabiduría para compartirla y entregarla al pueblo. Esta sabiduría era un regalo que traía el chamán y que se otorgaba a todos los hogares de la tribu.

La gente mostraba su gratitud por este regalo dándole al chamán comida y bebida (la raíz por la que se deja leche y galletas para Papá Noel a cambio de sus regalos). Además, el chamán entraba en la casa a través de un agujero en el tejado porque los montones de nieve bloqueaban la entrada principal. También, el chamán traía montones de setas del género agárico de la mosca para distribuirlas entre las familias, llevando estas setas en sacos.

Todos los elementos de la historia de Papá Noel y sus viajes para llevar regalos por las chimeneas de los hogares se encuentran en esta práctica tan interesante. Por ello, algunas personas creen que la historia de Papá Noel tiene sus raíces en los chamanes comedores de setas de Siberia y otras partes del norte de Europa.

La Unión Soviética prohibió el chamanismo. Pero desde la caída de la URSS, el chamanismo se dirige hacia un feliz resurgimiento. El chamanismo siberiano, que recibe el nombre de tengrismo, está reconocido hoy en día como una religión nacional y casi una cuarta parte de los rusos lo practican en la actualidad. El chamanismo siberiano actual es muy tolerante con todas las demás religiones y se centra sobre todo en el ecologismo.

El chamanismo norteamericano

Los chamanes norteamericanos obtienen su poder de varias maneras, entre ellas:

- A través de una búsqueda personal
- A través de la herencia
- A través de la elección
- Espiritualmente

Los chamanes norteamericanos, aunque tienen diversas habilidades, suelen especializarse en las energías. Esto puede adoptar muchas formas, y su trabajo gira en torno al flujo de energía en su cuerpo que puede obstruir o impedir su flujo energético. Este bloqueo puede manifestarse de muchas maneras, tanto física como emocionalmente, y los chamanes norteamericanos pueden extraer la energía negativa. Estos chamanes también son responsables de apoyar la vida, manipulando el mundo que les rodea para promover el bienestar de la tribu.

La sanación comienza desde el interior, pero puede incluir todo lo que nos rodea. Curiosamente, la mayoría de los chamanes son hombres. Pero también se encuentran muchas mujeres chamanes, especialmente entre las tribus del norte de California.

El chamanismo sudamericano

Los chamanes sudamericanos pueden encontrarse en toda esta vasta zona, pero la mayoría se congrega en torno al Amazonas (la humanidad siempre ha hecho su hogar cerca de las fuentes de agua y alimento). Estos chamanes se diferencian de otros grupos de chamanes en que son capaces de transformarse en jaguares. Además, los jaguares no son animales reales, según las creencias sudamericanas.

Puede ser difícil entender lo que esto significa para un chamán. Muchos chamanes que se transforman en jaguares lo hacen para emprender viajes de comprensión a través del plano físico, mientras que otros se desprenden de sus cuerpos mortales para convertirse en un jaguar, salvaje y libre. Incluso la palabra que se utiliza para denominar a un chamán en esta región es similar a la de jaguar. Curiosamente, la creencia en la conexión entre chamanes y jaguares existe entre tribus dispares totalmente desconectadas y con poca o ninguna interacción entre sí. La creencia es casi universal en Sudamérica.

La mayoría de los chamanes de Sudamérica utilizan el ritual de la ayahuasca para alcanzar un estado de trance. En este ritual, preparan un té con la planta de yagé, que contiene dimetiltriptamina (DMT), una sustancia psicoactiva conocida por producir poderosas experiencias psicodélicas. Cuando esta planta se consume sola, los efectos psicoactivos son anulados por una de nuestras enzimas estomacales. Por ello, los chamanes combinan el yagé con otra planta que contiene un inhibidor que contrarresta el efecto de la enzima estomacal.

Es asombroso cómo estas personas, sin ninguna lección de la ciencia moderna, supieron mezclar las dos plantas específicas (de entre miles de floras encontradas en el Amazonas) para obtener los efectos psicodélicos requeridos. Y curiosamente, si se les preguntara cómo lo sabían, dirían que "las propias plantas" se lo dijeron.

Los chamanes se dan este producto combinado a sí mismos y a los buscadores para conectar con el mundo espiritual. La mescalina es un psicoactivo derivado de los cactus. Cuando se consume, puede iniciar un efecto similar al del trance. Suele acompañarse de tambores (u otros instrumentos musicales) para ayudar a la persona a entrar más fácilmente en el estado de trance. A veces, se utilizan conjuntamente los sonajeros y los tambores.

Los chamanes peruanos cantan específicamente una canción llamada "icaros". Estos cantos están diseñados en tapices y parecen rompecabezas, pero pueden leerse igual que se pueden leer las notas musicales de una partitura. Aunque el chamanismo se aborda de forma diferente en las distintas culturas, este libro tratará los rasgos, conceptos y prácticas fundamentales de este fascinante sistema espiritual global no religioso.

Diferencias entre los chamanes contemporáneos y los tradicionales

El chamanismo contemporáneo recibe el nombre popular de neochamanismo. Tradicionalmente, los chamanes se elegían entre los miembros de la misma comunidad. También podían heredar el cargo de chamán en su tribu de sus padres, abuelos, etc. A veces, era una vocación personal la que impulsaba a la gente hacia el chamanismo en épocas anteriores.

El chamanismo contemporáneo permite a cualquiera convertirse en chamán o neochamán. Sin embargo, muchos chamanes de la Nueva Era sienten la llamada a aprender, dominar y practicar el chamanismo. Existen muchas historias de personas que dicen haberse convertido en chamanes porque no lo eligieron y solo tuvieron que responder a la fuerte llamada.

Leticia Pereira es un ejemplo clásico de alguien que se convirtió en chamán porque sintió una profunda llamada que no podía ignorar. Leticia nació en una familia católica conservadora de Barcelona. Tuvo una infancia feliz y normal, rodeada de personas que la querían y cuidaban.

Su ambición era convertirse en ingeniera y sus padres la apoyaban. Era académicamente excepcional y era la mejor en todas sus clases, tanto en el instituto como en la universidad.

Estaba preparada para ingresar en una prestigiosa universidad de Estados Unidos. Su plaza estaba confirmada y debía volar dentro de un mes.

Pero de repente, las cosas cambiaron en su vida y en su personalidad. Perdió la personalidad alegre y burbujeante por la que era conocida. Ladraba y se enfadaba con sus seres queridos y amigos, a menudo sin motivo, casi siempre por razones insignificantes. Se levantaba en medio de la noche y empezaba a hablar con personas invisibles. Hablaba con coherencia y claridad.

Nadie podía entender el cambio de actitud de Leticia. Algunos pensaban que se estaba volviendo arrogante por su brillantez académica. La gente se mantenía alejada de ella. Sus padres estaban desolados. La llevaron a un médico que descartó cualquier dolencia física. Un día, una semana antes de que Leticia tuviera que marcharse, una antigua tía de su madre les visitó. La madre de Leticia se sorprendió mucho al ver a su antigua tía, a la que creía muerta. La tía sonrió a su sobrina y le dijo que estaba muy viva, y que ella y Leticia habían estado hablando durante unos días. Leticia estaba muy perturbada por visiones a las que no encontraba explicación. Leticia se había encontrado flotando en el aire y reuniéndose con personas que estaban muertas. Le decían que su propósito en la vida no era ser ingeniera, sino sanadora. Y para ello, Leticia tenía que contactar con la antigua tía de su madre.

Las mismas personas se le aparecieron a la tía y le dijeron que Leticia necesitaba su ayuda. La vieja tía recibió la fuerza y el valor necesarios para realizar el largo viaje desde su remoto pueblo hasta Barcelona. La tía era chamán, y había habido muchos chamanes en la familia antes que ella. Todos los espíritus de los antepasados deseaban que Leticia siguiera este camino olvidado. Y por eso parecía comportarse de forma tan extraña con los demás. Estaba luchando sola con sus nuevos conocimientos.

Leticia pronto comprendió que se trataba de una llamada que no podía ignorar. No tuvo más remedio que abandonar su búsqueda en el campo de la ingeniería y seguir el camino del chamanismo. Se fue de casa con su vieja tía abuela para aprender y dominar la práctica del chamanismo.

Como Leticia, muchos chamanes de la nueva era reciben esa llamada. Sin embargo, muchos otros eligen este camino por diversas razones.

Otra diferencia importante entre los chamanes tradicionales y los contemporáneos es que los chamanes desempeñaban funciones ceremoniales que eran culturalmente más reconocidas en épocas anteriores. Trabajaban por el bienestar de la tribu o comunidad a la que pertenecían. Los chamanes de la nueva era se centran sobre todo en el desarrollo personal y en la construcción del autoconocimiento. Sin embargo, muchos chamanes de la nueva eran también se dedican a practicar rituales de sanación para el bienestar de los buscadores. También trabajan para sanar el medio ambiente.

Otra diferencia clave es que los chamanes tradicionales utilizaban en su práctica emociones negativas como la agresión y el miedo. Sus prácticas de iniciación eran física, mental y emocionalmente difíciles, y los novatos tenían que vencer el miedo y el dolor para ser iniciados en el chamanismo. Hoy, sin embargo, los chamanes prefieren utilizar el amor en lugar del dolor y el miedo. Las formas más antiguas de chamanismo solían tratar con ideas de caos y malevolencia. La versión actual se centra en los efectos psicoterapéuticos que sanan con suavidad y felicidad.

En el chamanismo tradicional, se consideraba que el mundo espiritual era la realidad primaria y que el mundo físico era una ilusión. Los chamanes modernos creen que el mundo físico coexiste con otros múltiples mundos, planos y reinos de conciencia.

Algunos de los elementos comunes del chamanismo que han sobrevivido a la prueba del tiempo son

- **Trabajar en aislamiento:** Al igual que los chamanes tradicionales, los chamanes modernos también trabajan en aislamiento mientras aprenden y dominan las prácticas chamánicas.
- **Trabajar a cambio de una remuneración**: Los chamanes tradicionales recibían una remuneración por parte de los miembros de la tribu, tanto de forma colectiva como individual, de quienes acudían a ellos en busca de ayuda. Los chamanes de la Nueva Era realizan rituales para clientes que pagan.

Funciones de los chamanes contemporáneos

Los chamanes desempeñan una serie de funciones que incluyen, entre otras, las siguientes

Desarrollan conexiones profundas e íntimas con el mundo espiritual que no ve el ser humano medio. Acceden al poder ilimitado de los planos superiores de la conciencia para realizar diversas tareas como la sanación y los rituales ceremoniales por el bien de sus seres queridos, en particular, y del mundo, en general. Los sanadores chamánicos contemporáneos suelen dividirse en tres categorías:

- Los que proceden de un linaje ininterrumpido de curanderos chamanes siguen practicando el arte tradicional de la sanación incluso hoy en día, principalmente dentro de su propia comunidad y tribu.
- Los que proceden de un linaje ininterrumpido, pero eligen tender un puente entre el chamanismo tradicional y el contemporáneo añadiendo, eliminando y cambiando los rituales y las prácticas que se encuentran en el chamanismo convencional para alinearse con las perspectivas aceptadas del mundo moderno.
- Aquellos que son llamados por los espíritus para servir como curanderos chamánicos. Estas personas suelen ser aquellas que se han separado durante mucho tiempo de sus raíces chamánicas, a veces incluso durante generaciones.

Los chamanes también trabajan como consejeros y narradores. Recogen historias y experiencias de sus expediciones al exterior y las transmiten a este mundo. Son personas muy creativas y tienen el poder de llegar a las profundidades de sus mentes y almas para crear maravillosas e inimaginables piezas de arte de diversas formas.

Suelen tener muchos más conocimientos y ser más sabios que el ser humano medio. Miran las cosas desde una perspectiva sana y pueden tomar decisiones sensatas e informadas para todos los miembros de su comunidad. Muchas personas se acercan a los chamanes para pedirles consejo y asesoramiento, incluso hoy en día.

Para resumir, he aquí una pequeña lista de las respuestas a la pregunta "¿Quién es un chamán?" en el contexto actual:

- Un chamán es un hombre o una mujer que ha hecho de "prestar un humilde servicio a uno y a todos" un importante propósito vital en respuesta a su vocación.
- Los chamanes no son seres "totalmente iluminados" desprovistos de sentimientos y deseos humanos. Son de carne y hueso y tienen deseos y necesidades tanto como cualquier otro individuo.
- Los chamanes sabios aceptan y asumen sus debilidades y las incluyen en sus regímenes de práctica.
- Un chamán imprudente y/o codicioso puede ser bastante egoísta, haciendo que sus habilidades únicas se pierdan más pronto que tarde.
- Los chamanes pueden alcanzar un estado mental extático para "viajar" por los reinos energéticos del cosmos.
- Los chamanes también pueden ser sanadores, consejeros, curanderos de huesos, maestros, guardianes de la sabiduría popular y de las historias, e incluso parteras.
- Y, por último, un chamán es aquel que "conoce" o "comprende" el camino de la vida en su sentido real.

Capítulo 2: La filosofía chamánica

En este capítulo, obtendrá una visión general de las principales creencias de los seguidores del chamanismo. Los chamanes son observadores primarios y no están directamente relacionados con la supervivencia y los deseos personales. Liberan su tiempo para observar, pensar y desarrollar formas de prevenir los percances previsibles y prepararse para los imprevisibles. Básicamente, se sienten impulsados a reunir y acumular todo el conocimiento y la información que puedan reunir a través de sus viajes, tanto en el mundo físico como en el espiritual.

Perspectiva chamánica

He aquí algunos de los elementos más básicos que determinan la forma en que un chamán ve el mundo y el cosmos.

Observación sin juicios

Uno de los aspectos más importantes del chamanismo es el poder y la disciplina de la observación sin juicios. Un chamán sabio observa la violencia, la ira, el engaño, la armonía, la deshonestidad y la confianza como componentes activos de una compleja interacción de cualquier ecosistema en el mundo físico y en todos los demás.

Los chamanes no ven lo físico como algo diferente del mundo no físico. Hay elementos malos, buenos, positivos y negativos en todos los planos de la existencia, incluidos el espiritual, el físico y el energético. Muchos sistemas de creencias espirituales creen que todo lo que está más allá del mundo físico es bueno. Pero los chamanes no ven las cosas de esta manera.

Según el chamanismo, incluso los planos espirituales albergan depredadores y presas, mentiras y verdades, belleza y engaño, y otros elementos buenos y malos. Por ejemplo, suponga que viaja a los densos y desconocidos bosques del Amazonas. En ese caso, necesitará un guía que le ayude a saber qué es seguro, qué no lo es, qué debe evitarse, cómo protegerse, etc. El mundo espiritual debe tratarse como una selva desconocida llena de peligros y que alberga poderosos tesoros.

Al igual que en el mundo físico, el gorrión se asusta de las malas intenciones del cuervo, y este, a su vez, se aleja del águila. Los mundos no físicos también existen de la misma manera. Al fin y al cabo, los mundos espirituales se reflejan y están intrínsecamente conectados con el mundo físico. Por lo tanto, una de las lecciones más importantes que debe dominar un chamán es el poder de discernimiento.

Un chamán sabio aprenderá a respetar y temer todo lo que hay en el mundo espiritual hasta que aprenda a confiar en los seres que caminan por esos planos. Todos los viajes y travesías metafísicas deben realizarse con precaución y sabio discernimiento. A menudo, un chamán novato trabaja y aprende de un maestro guía como aprendiz para evitar los efectos perjudiciales de los errores de un novato. Cuando el novato alcanza la competencia, no necesita estar a la sombra del maestro. Pero hasta entonces, se recomienda que las prácticas chamánicas avanzadas se realicen bajo la guía de un maestro experimentado.

El individuo es soberano

La soberanía de una persona es incuestionablemente sagrada en el chamanismo, y nadie tiene derecho a infringir la soberanía de otro individuo o ser. La soberanía individual está determinada por la persona en cuestión y es autónoma. Esto significa que solo recibirá ayuda del mundo espiritual cuando la busque. A diferencia del mundo físico, donde a veces se ofrece ayuda a los demás cuando se ve la necesidad, en el mundo espiritual, cada uno recorre su propio camino a menos que se busque ayuda explícitamente.

El chamanismo cree en la soberanía individual por un aspecto simple, pero a menudo ignorado de "dar ayuda". Utilicemos una ilustración para explicar esto. Una vez, un hombre creía que debía ayudar a todos y a todo lo que pusiera sus ojos. Basándose en esta creencia, eligió ayudar a una oruga con problemas en el proceso de metamorfosis. Pensó arrogantemente que, al ayudar a la oruga, le estaba haciendo un favor.

Sin embargo, el resultado de esta "ayuda no buscada" no fue en absoluto productivo para la oruga. La lucha durante la metamorfosis da poder y belleza a la mariposa que sale del capullo. Cuando esta lucha se ve comprometida, el insecto resultante se vuelve menos bello y poderoso de lo que merece ser.

Así pues, la mariposa que salió con la ayuda del hombre no pudo vivir una vida plena, y murió infelizmente mucho antes de tiempo. Por lo tanto, el hombre realmente no estaba ayudando a la oruga, sino que estaba alimentando su propia arrogancia al ofrecer la ayuda que se le pedía. El hombre no tenía la menor idea de cómo las pruebas y tribulaciones encajan en el plan más amplio del universo.

Incluso la ciencia tiene una definición para esta idea, y se llama la "ley de las consecuencias no deseadas". Esta ley describe una decisión aparentemente buena y una intervención deliberada que provoca resultados imprevistos en el futuro.

El chamanismo está completamente en contra de este tipo de ayuda que apesta a creencias jactanciosas y arrogantes. Los chamanes no asumen que saben más que una persona que recorre su camino individual de elección. Y en este sentido, la soberanía individual es una perspectiva fundamental de un auténtico chamán.

La privacidad individual y el libre albedrío son sagrados

La intimidad de ninguna persona puede ser objeto de intromisión por ningún motivo, salvo con su aprobación o a petición suya. El motivo de la intrusión podría parecer excesivamente vital. La persona podría estar involucrada en algo aparentemente sin sentido y trivial. Independientemente de cualquier circunstancia, un chamán nunca cruzará la línea de la privacidad individual sin que se le permita expresamente hacerlo. Cualquiera que invada o entre en el espacio privado de otra persona no está haciendo lo correcto.

¿Qué es el libre albedrío? En el chamanismo, el libre albedrío se define como el derecho de un individuo a elegir su propio camino basándose en aquellos factores y situaciones visibles para la persona en ese momento concreto. Estas decisiones podrían parecer perjudiciales para otra persona. Pero el libre albedrío del individuo para elegir lo que considera correcto no puede ser infringido.

Toda persona tiene un derecho inherente a cometer errores y a aprender de ellos. Es su camino el que elige, y es su derecho a vivir con las consecuencias de sus elecciones. Usted no tiene derecho a invadir, ejercer la fuerza o influir en el libre albedrío de otra persona, al igual que nadie puede hacer lo mismo con su libre albedrío. Un verdadero chamán no utilizará sus poderes espirituales y otros poderes metafísicos para hacerlo.

Es importante recordar que esta regla es válida para los reinos no físicos. Esta regla no cubre el asesoramiento, el consejo, la intervención racional y otras acciones físicas para ayudar a las personas a tomar decisiones informadas.

Chamanismo, enfermedades y sanación

La perspectiva chamánica de la sanación y las enfermedades es bastante diferente de la que ven los médicos y doctores que practican la medicina moderna. Y, sin embargo, muchos profesionales de la medicina moderna abogan por acudir a los curanderos chamanes si los métodos convencionales no funcionan bien. Los chamanes ven las enfermedades y dolencias de la siguiente manera (bastante diferente de la perspectiva de la medicina moderna):

- Cualquier desarmonía o inquietud en la comunidad puede repercutir en la salud individual.
- Las enfermedades o síntomas similares no se forman a partir de la misma cuestión energética subyacente.
- Independientemente de cómo se manifieste una enfermedad (física, emocional, espiritual, relacional o mental), existe una importante cuestión energética subyacente.

El chamanismo reconoce cinco tipos de desequilibrio que conducen a enfermedades, dolencias y otros problemas mentales, emocionales y físicos. La comprensión de estos desequilibrios permite a un chamán adoptar una visión holística de la sanación.

1. Pérdida de poder

El poder en el lenguaje del chamanismo se relaciona con la "fuerza vital", llamada diversamente praná, chi, etc. El poder también se define como la capacidad de transformar la energía, que es la base de la capacidad de un chamán para crear los cambios que él, ella o el buscador desean. Hay muchas maneras de perder el poder. Para empezar, perder nuestro poder, parece ser una condición humana innata, gracias al modo de vida moderno.

Por ejemplo, si se violan nuestros límites personales, podemos perder nuestro poder. Si sacrificamos nuestra integridad para satisfacer ciertas necesidades, entonces, en este caso, también perdemos un poco de nuestro poder. Otra forma que da lugar a una fuga de poder personal es cuando nos atrapamos en la red de nuestras creencias limitantes. Cualquier cosa que nos desconecte de nuestra naturaleza divina puede provocar una pérdida de poder. Cada vez que hacemos algo en contra de nuestra auténtica naturaleza o permitimos que otros lo hagan, entonces nuestro poder es robado por el acto, resultando en una pérdida.

La forma de darse cuenta de la pérdida de poder es cuando le falta entusiasmo por la vida o parece incapaz de adquirir un sentido de positividad. Cuando se ve incapaz de trabajar en sus sueños, esto es un signo de pérdida de poder. Otros síntomas comunes de la pérdida de poder son la depresión, la enfermedad crónica, la fatiga crónica e inexplicable, los sentimientos suicidas, la falta de límites, la baja autoestima y la mala suerte continua.

2. Pérdida del alma

El concepto de la pérdida de un trozo de su alma es aterrador pero muy real. El chamanismo opina que cuando nos encontramos con un trauma extremo, una parte de nuestra alma se queda atrás con esa experiencia. El trauma puede ser emocional o físico. Podría tratarse de un accidente casi mortal en el que usted estuvo involucrado. Este fenómeno es un instinto de supervivencia que permite al resto de nuestra alma permanecer protegida de la experiencia de ese trauma.

Lo bueno es que la parte "perdida" del alma no está realmente perdida. Está esperando en el mundo invisible cualquier oportunidad para volver a su lugar original. ¿Cómo sabe una persona si ha sufrido la pérdida del alma? Suponga que ha sufrido un gran trauma y que nunca más se ha sentido igual después del incidente. En ese caso, es probable que esté experimentando una pérdida del alma. Otras formas en las que puede producirse la pérdida del alma son la adicción, la depresión, el trastorno por estrés postraumático (TEPT), el duelo profundo y no resuelto e incluso el coma.

3. Desconexión de la naturaleza

Hasta los recientes avances en el campo de la tecnología y la industria, gran parte de la historia de la humanidad dependía profundamente de una relación equilibrada y correcta con la naturaleza y el mundo natural. Reconocíamos y venerábamos los espíritus en todas las cosas vivas y no vivas. A sabiendas o no, nos impregnamos de la energía del pensamiento animista.

A pesar de toda la urbanización y los avances tecnológicos que hicimos, la necesidad de nuestra psique de permanecer conectados con la naturaleza y sus poderes y belleza es profunda. Aunque nos hayamos olvidado de cultivar las relaciones hombre-naturaleza, la necesidad de estar conectados no ha muerto. Por eso, cuando nos desconectamos del mundo natural, este deseo insatisfecho crea un agujero o una ruptura en nuestro campo energético, lo que provoca un desequilibrio.

El chamanismo nos enseña a reconectar con la naturaleza. Los poderes curativos de los chamanes están arraigados en el mundo natural. Incluso los que viven en una jungla urbana de hormigón encuentran formas de conectar con el poder de la naturaleza e imbuirse de él para mantener su energía fluyendo sin interrupciones y completa.

4. Patrones de linaje

Muchas de nuestras experiencias nos son transmitidas a través de nuestros ancestros y linajes. El chamanismo se ocupa de tres tipos de linajes, a saber:

- **Líneas de sangre**: Esto es lo que llega a usted a través de su material genético o su ADN.
- **Líneas de leche**: Esto proviene de las personas que no están directamente emparentadas con usted, pero con las que tuvo una conexión estrecha, por ejemplo: sus padrastros, padres adoptivos, padres de acogida, profesores y cuidadores importantes que han tenido un impacto significativo en su vida.
- **Las líneas de luz** representan nuestro linaje espiritual y proceden de las experiencias, votos, creencias e influencias que arrastramos de nuestras vidas anteriores.

5. Enredo

Otra forma de desequilibrio es el enredo, que a menudo resulta de la pérdida de energía o de la pérdida del alma. En este caso, usted absorbe o toma una energía que no es la suya. Esta energía extraña puede introducirse en su sistema de varias maneras, incluyendo apegos, intrusiones e incluso posesiones físicas. El enredo es una de las formas más comunes de desequilibrio y se observa a menudo en muchas personas, aunque no todas son lo suficientemente hábiles para reconocerlo.

Lo bueno del enredo es que es fácilmente solucionable mediante la curación chamánica. Los síntomas del enredo son variados. Por ejemplo, si los cordones energéticos forman un enredo en una relación, podría sentir un dolor localizado en el lugar donde se unen los cordones energéticos. A veces, su aura se ve afectada negativamente por una posesión física cuya energía está enredada con la suya, lo que provoca desequilibrios. Los chamanes desacoplarán la energía de la influencia exterior para que usted pueda recuperar su soberanía.

Es más probable que algunas enfermedades o dolencias tengan un componente espiritual-energético que otras. Por ejemplo, las adicciones, los diagnósticos psicológicos como la ansiedad y la depresión, el autismo, etc., tienen más probabilidades de tener un componente energético espiritual mayor que un hueso roto, una gripe vírica, etc.

Sin embargo, incluso los síntomas físicos podrían tener una contribución significativa de los problemas energéticos subyacentes. Esto es especialmente cierto en el caso de las manifestaciones prematuras de enfermedades degenerativas en adultos jóvenes. A menudo, estas personas tienen la sensación de que "les falta algo" o "parece que he perdido algo". Estas "sensaciones" podrían ser indicadores de una pérdida energética, incluida la pérdida de energía del alma. La sanación chamánica consta de dos etapas distintas:

- Diagnosticar con precisión los patrones energéticos visibles y ocultos que causan el problema.
- Coreografiar los patrones energéticos con precisión para que el problema pueda ser resuelto.

Por ejemplo, los chamanes pueden devolver la energía perdida o eliminar los patrones energéticos no deseados y obstaculizadores. Esta parte podría incluir la recuperación de partes del alma perdidas. Los chamanes dirigen, transmutan y mueven la energía dentro y alrededor del cuerpo del paciente para restaurar la armonía entre la persona afectada, la tribu o la comunidad y el mundo espiritual.

El más allá en el chamanismo

En el capítulo anterior se habló de cómo algunas personas reciben una llamada inevitable para convertirse en chamanes. Consiguen una llamada tan profunda al tener una experiencia cercana a la muerte en la que entran en contacto con el más allá. Susan, por ejemplo, tuvo una experiencia cercana a la muerte cuando tenía solo seis años.

Fue una broma la que la llevó a esta experiencia. Unos amigos suyos la retaron a quedarse encerrada en un viejo cofre guardado en el desván. Pertenecía a su bisabuela y había pasado a su madre. Dispuesta y decidida, Susan aceptó el reto. Se metió en el cofre y sus amigas lo cerraron desde fuera.

Los niños no sabían que el cofre se volvía hermético en cuanto se colocaba la tapa. Los demás niños se fueron a jugar y se olvidaron por completo de Susan. Lenta pero constantemente, la respiración de Susan se volvió dificultosa, y pronto se encontró a la deriva en un espacio etéreo donde vivía gente que podía reconocer.

Encontró a su bisabuela, a la que había visto cuando solo tenía dos años. La amable señora la llevó de un lado a otro y le presentó a los demás en la sala. Su abuelo, al que quería mucho, estaba allí. Algo en su cabeza le recordó que él había muerto hacía un par de años. Pero mantuvieron una larga conversación hablando de la época en que la llevaba al parque y jugaba con ella y sus amigos. La obsequió con las historias que ella ya había oído antes. Así, ella también conoció a otros. Todos parecían tener miradas de preocupación en sus rostros.

Su bisabuela le dijo: "Espero que tu madre te encuentre pronto. Esperaremos aquí hasta que puedas volver". Susan no entendió nada y se limitó a responder: "No quiero ir. Soy feliz aquí con ustedes y con toda esta gente. Son muy amables, excepto ese hombre mayor de allí que parece odiar este lugar. ¿Quién es, abuela?".

'Bueno, es un hombre muy infeliz porque no fue amado por todos cuando vivía. Ahora busca hacer daño a cualquiera que sea presa de él. Aléjate de él. No le mires a los ojos'.

El cuerpo casi sin vida de Susan fue encontrado después de dos horas cuando su madre se dio cuenta de que había desaparecido. Sus amigas recordaron dónde estaba. La llevaron rápidamente al hospital y, por suerte, fue reanimada. Sin embargo, su conexión con las personas del más allá permaneció, y pudo hablar e interactuar con ellas durante toda su vida. Mucho más tarde en la vida, Susan se dio cuenta de que el incidente de la infancia había sido su primera llamada indiscutible para convertirse en chamán.

Así pues, cuando los chamanes conectan con los muertos del más allá, los ven con la forma de las personas que eran antes de morir. A veces, solo ven el contorno de la persona muerta, y otras veces, solo sienten su presencia desde el más allá. En el chamanismo, el más allá es donde residen los espíritus de los muertos hasta que encuentran su camino hacia adelante, ya sea para renacer o para liberarse completamente.

Los Tres Reinos

Todas las formas globales de chamanismo, independientemente de dónde se originen o se practiquen, creen en el concepto de los "Tres Mundos" o "Tres Reinos". El viaje chamánico abarca principalmente estos Tres Mundos.

1. El Reino Superior

Este es el reino del Espíritu (el espíritu cósmico supremo) y de los demás espíritus. Los viajes al mundo superior se asocian con los ancestros, los seres sensibles y los guías espirituales.

2. El Reino Medio

El mundo medio es la analogía observacional y energética del mundo físico en el que vivimos. Las proyecciones, la visión remota, las visitas y la visión se realizan en el Reino Medio.

3. El Reino Inferior

El mundo inferior es el mundo de la energía bruta, dinámica y potencial. Es el lugar donde se originan las plantas, los animales y los reflejos de toda la materia. Los viajes al mundo inferior se asocian con animales de poder, guías animales, discusiones y conversaciones con bosques, árboles, montañas, continentes, etc.

El eje del mundo

El eje del mundo o el árbol del mundo es la analogía más común de los tres mundos del chamanismo. La copa del eje del mundo es el mundo superior, el sistema de raíces es el mundo inferior y el suelo sobre el que se asienta es el mundo medio. Un chamán utiliza la esencia energética de los seres, los individuos y los espíritus de los tres lugares para comprender la relación entre los tres mundos.

Por ejemplo, supongamos que un chamán necesita encontrar pescado para una comida. En ese caso, podría comunicarse con la esencia energética del pez en el mundo superior y pedirle que aparezca en un lugar determinado con la forma del pez elegido. El chamán puede entonces ir a ese lugar elegido, coger el pez que había solicitado, dar las gracias y llevarse el pescado a casa para cocinarlo para la comida. Estas experiencias y sucesos aparentemente mágicos y humanamente inimaginables son bastante comunes en el chamanismo.

La rueda medicinal

La rueda medicinal es un símbolo común que se encuentra en casi todas las formas de chamanismo. Representa y reconoce la interconexión de todo en nuestro mundo, incluyendo las cuatro estaciones, los cuatro vientos y las cuatro etapas de la vida.

La rueda también representa el implacable ciclo de la vida y la relación entre lo visible y lo invisible, el nacimiento y la muerte, los mundos físico y espiritual, e incluso la relación entre la rutinaria puesta y salida del sol. La rueda medicinal se analiza en detalle en el siguiente capítulo.

Entender el animismo

El animismo es un concepto en el que se cree que todos los objetos animados e inanimados de este cosmos poseen una esencia o espíritu. Aunque la palabra en sí se formó a finales del siglo XIX, la idea es el principio central de muchas religiones y culturas antiguas, especialmente de las culturas tribales indígenas. La espiritualidad antigua tenía sus raíces en el animismo y puede identificarse fácilmente en las principales religiones del mundo, incluso en el mundo moderno.

Entonces, ¿qué define exactamente el concepto de animismo? Es la idea de que todas las cosas, incluidos los animales, las personas, los fenómenos naturales como las inundaciones, las lluvias, etc., y los accidentes geográficos como las montañas, los ríos, los océanos, los lugares, etc., tienen un espíritu o una esencia vital que lo enhebra y conecta todo. El animismo no se define realmente como una religión por derecho propio. Pero es una característica recurrente en casi todas las religiones y culturas del mundo.

Los historiadores opinan que el animismo es el fundamento de la espiritualidad humana. En el año 400 a. C., el polímata y filósofo griego Pitágoras habló de la conexión entre el alma divina y el alma individual, sugiriendo así una conexión global que enhebra todo el cosmos y sus componentes.

Platón también definió que el alma tiene tres partes, y que esta alma existe en las personas y en las ciudades. Así, muchos pensadores y filósofos antiguos y medievales hablaban y creían en la conexión entre el mundo físico y el espiritual, también conocidos como los reinos natural y sobrenatural.

La definición moderna de animismo fue acuñada en 1871 por Sir Edward Burnett Tyler, que la utilizó por primera vez en su libro "La cultura primitiva" para definir las prácticas religiosas y los sistemas de creencias antiguos. El animismo puede observarse en casi todas las principales religiones organizadas.

Por ejemplo, el sintoísmo es un antiguo sistema de creencias religiosas japonés seguido por más de 100 millones de personas. Según las creencias sintoístas, los espíritus llamados "kami" habitan todas las cosas del mundo, un tema que constituye la base del animismo. Existe una fuerte tradición totemista entre las comunidades indígenas de Australia. El tótem suele ser un animal o una planta que posee poderes sobrenaturales.

Este tótem se mantiene en alta reverencia como símbolo o emblema de esa comunidad. Algunas normas y reglamentos estrictos especifican cómo manejar el tótem sagrado. Existen tabúes respecto a comerlo, tocarlo o dañarlo. Se cree que el espíritu del tótem es una entidad viva. Sin embargo, a los objetos inanimados no se les da este estatus entre las tribus indígenas australianas.

En cambio, las tribus inuit norteamericanas creen que todos los objetos animados e inanimados (vivos o muertos) tienen un espíritu. Estos pueblos creen que el espíritu no depende del cuerpo del objeto animado o inanimado. En cambio, el cuerpo depende del poder del espíritu para ser lo que es.

Entonces, ¿cómo se relacionan el animismo y el chamanismo? Lamentablemente, la mayor parte del mundo moderno y urbanizado está tan separado de la naturaleza y del mundo natural que olvidamos que aún hoy existen algunas comunidades y tribus que no tienen esta separación. Como ya sabe, el animismo cree que todo el cosmos está vivo y que cada elemento y componente en él, independientemente de su tamaño, forma o estado, es un ser vivo o tiene un espíritu en él.

El chamanismo también cree en este principio, y es esta creencia la que les permite conectar con las plantas, los animales, los antepasados muertos y otros espíritus y recibir de ellos sabios consejos. Los chamanes "viajan" a varios mundos para conectar con los "espíritus" de los seres. Además, el viaje de un chamán lo realizan siempre sus espíritus mientras sus cuerpos permanecen en el mundo físico.

Aceptar y creer en un universo animista es una forma de chamanismo profunda y de afirmación de la vida. La creencia en la idea de que no somos diferentes o estamos separados de la naturaleza o que todo está vivo y lleno de un espíritu viviente ayuda a que nuestra mente subconsciente deje de ocultar ciertas cosas a nuestra mente consciente. Esto nos ayuda a vivir una vida más plena y significativa que en ausencia de la creencia animista.

Capítulo 3: La rueda medicinal

Muchas culturas han intentado seguir el movimiento del sol, los planetas, las estrellas, la luna y otros cuerpos celestes. Los pueblos antiguos utilizaban estos cuerpos celestes y sus movimientos para medir el tiempo y para descubrir, identificar y marcar rutas geográficas mediante direcciones cardinales y subcardinales. También se utilizaban para encontrar conexiones entre el mundo físico y el espiritual.

En todo el mundo se encuentran muchos lugares y monumentos antiguos que representan los patrones de movimiento de los cuerpos celestes. Estos monumentos se utilizaban como calendarios, relojes para saber la hora y observatorios astronómicos para predecir con exactitud las puestas de sol, los amaneceres, los solsticios y los equinoccios.

La rueda medicinal se conoce con otros nombres, como "aro sagrado" y "círculos sagrados". Es uno de los elementos más respetados entre los pueblos nativos americanos, especialmente entre las comunidades de las Primeras Naciones. La rueda medicinal es una estructura de piedra con forma de rueda de bicicleta compuesta por dos capas circulares de rocas. El término "rueda medicinal" fue acuñado recientemente, aunque el símbolo existe desde hace siglos.

El más grande que se conoce actualmente se encontró en Wyoming, conocido popularmente como "Gran Cuerno". Algunos expertos creen que este elemento espiritual podría remontarse a más de un millón de años. Entre los nativos americanos, la rueda medicinal se utiliza con múltiples fines, entre ellos para la sanación, en rituales e incluso para estudiar la astronomía.

La rueda medicinal simboliza numerosos elementos y ciclos naturales, incluidos los cuatro puntos cardinales, cuatro colores diferentes, a saber, rojo, negro, amarillo y blanco, y los cuatro elementos, a saber, fuego, aire, agua, tierra, etc. También se cree que simboliza los cuatro aspectos de la vida humana, incluidos los aspectos físico, mental, emocional y espiritual.

La medicina es la máxima representación de la unidad e interconexión de todas las formas de vida en este mundo. La rueda representa el equilibrio que existe entre los poderes naturales y personales. La rueda medicinal es una herramienta importante que se utiliza en psicología para ayudar a los pacientes a experimentar la autosuperación, la autorrealización y a encontrar su propósito vital para llevar una vida iluminada y plena.

Las enseñanzas de la rueda medicinal varían de una cultura a otra, de una tribu a otra y de una comunidad a otra, incluso entre los nativos americanos. Las variaciones son impulsadas por los ancianos de cada comunidad, que relatan sus propias historias y herencia y las añaden a las enseñanzas de la rueda medicinal. Y, sin embargo, hay algunas lecciones inequívocamente comunes que la rueda enseña, independientemente de las variaciones de la tribu o la comunidad.

Y lo más importante es que estos temas y lecciones comunes son muy relevantes en el mundo moderno. Las enseñanzas de la rueda medicinal pueden encajar fácilmente en los altos niveles de conocimiento espiritual y astronómico que se conocen en el cosmos. La rueda ayuda a llevar la cuenta de los cambios de estación, a mantener el tiempo, a explicar cómo utilizar las plantas y los animales y sus productos con dignidad y respeto, etc.

La rueda medicinal es la forma de percibir el mundo entre los aborígenes australianos. Representa el proceso de la vida. Define cómo crece la naturaleza y cómo trabajan juntos todos los elementos. La rueda simboliza la interconexión de todas las cosas y, sin embargo, cómo trabajamos hacia nuestros destinos. Los aborígenes ven y comprenden la naturaleza cíclica del mundo y del cosmos y creen que las creaciones se producen en círculos.

La rueda medicinal simboliza la alineación y la interacción incesante de nuestras realidades física, mental, emocional y espiritual. La forma circular representa la interconectividad de todos los aspectos de nuestro ser, incluida nuestra relación con el mundo natural. La rueda medicinal se considera a menudo como un "círculo de conciencia" relacionado con el yo individual desde una perspectiva psicológica. También es una manifestación del círculo de conocimiento que nos capacita para vivir nuestras vidas alineadas con nuestro propósito y nuestros sueños.

Cuando se trata de la rueda medicinal, no hay preguntas ni respuestas correctas o incorrectas. Puede considerarse una herramienta mnemotécnica personal, pero también un símbolo de los cuerpos celestes, sus movimientos y sus posiciones en el cosmos. Veamos las lecciones más importantes que enseña la rueda medicinal.

Las cuatro direcciones

La rueda medicinal tiene cuatro cuadrantes de cuatro colores diferentes. Cada cuadrante representa las cuatro direcciones cardinales: Norte, Sur, Este y Oeste. Las lecciones comienzan en el Este (representado en amarillo) y discurren en el sentido de las agujas del reloj hacia el Sur (color rojo), hacia el Oeste (negro) y finalmente hacia el Norte (color blanco).

Las cuatro estaciones

Todos estamos familiarizados con las cuatro estaciones, y eso facilita su aplicación a la rueda medicinal. La primavera se sitúa en el Este y se atribuye al color amarillo, como las flores que brotan cuando los días empiezan a ser más cálidos. El rojo es el verano, como el sol abrasador, y se asienta en el Sur.

El otoño se asienta en el oeste y es negro, las plantas empiezan a marchitarse y a morir, es el momento de la cosecha. El invierno es blanco como la nieve y se asienta en el Norte. El blanco también puede significar una época de renacimiento, al igual que el mundo está sin crecimiento entre el otoño y la primavera.

Los cuatro elementos

También podemos añadir los cuatro elementos: fuego, tierra, agua y aire, cada uno de los cuales representa una estación.

- El negro simboliza el agua, el elemento esencial de nuestro cuerpo y el que fluye a través de todas las plantas y animales.
- El amarillo representa el fuego, el elemento que nos da luz y calor.
- El blanco es para el elemento aire, el aliento invisible y vivificante sin el que no podemos sobrevivir.
- El rojo simboliza la tierra, el elemento que nos da alimento y medicina a través de las plantas y, por tanto, representa nuestra sangre vital.

Los animales y la rueda medicinal

Junto con las cuatro estaciones, los puntos cardinales y los colores, la rueda medicinal puede dividirse en cuatro animales: búfalo, coyote, oso y águila.

El cuadrante amarillo (este) pertenece al águila. Como mensajera entre Dios y su pueblo, el águila suele ser vista como "por encima" de todo lo demás, viendo el mundo desde un estatus superior en el cielo, más cercano a Dios. En este caso, la majestuosa ave representa ver el "panorama general".

El búfalo se asocia con el cuadrante rojo. Este animal se considera una criatura fuerte y dotada, asociada con mucho valor y poder.

Otra cosa interesante de los búfalos es que son excelentes protectores de sus crías. Cuando una manada de búfalos está en peligro, hacen que las crías formen un círculo en el centro y los adultos rodean este círculo, manteniéndolas a salvo del peligro. Este acto representa su voluntad de sacrificar sus vidas por sus crías, una de las formas de vínculo más incondicionales que pueden existir en el mundo.

El coyote o lobo se asocia con el cuadrante negro. El coyote representa la alegría, la adaptabilidad y un carácter alegre y soleado.

El lobo es inteligente con poderosos instintos. Muestra la importancia de la libertad para una vida feliz. A veces, el lobo puede representar el miedo y la desconfianza.

El norte o cuadrante blanco suele estar representado por el oso, un animal que simboliza la fuerza y la confianza, así como la sanación emocional y física.

Las plantas y la rueda medicinal

El sahumerio es un ritual importante tanto dentro como fuera del chamanismo. El tabaco se utiliza a menudo para sahumar (junto con la salvia), y el tabaco está asociado a la primavera (como muchas plantas). Muchas culturas creen que el tabaco fue regalado al hombre en las primeras etapas de la vida en nuestro mundo. Además, el tabaco se ofrece como un regalo durante los rituales y ceremonias de sanación, una muestra para honrar a los espíritus y comenzar a conversar con el Creador.

La salvia se asocia con el cuadrante sur. La salvia se utiliza para limpiar y despejar la mente antes de comenzar cualquier ritual o ceremonia, eliminando las energías negativas. El cuadrante negro (oeste) se asocia con la hierba dulce, cuyo humo se cree que proporciona paz y calma antes de los rituales y ceremonias importantes. El cuadrante norte, el blanco, se asocia con el cedro, que es un guardián contra el mal de ojo. El cedro se utiliza a menudo para purificar las cabañas de sudar y los hogares.

Los cuerpos celestiales y la rueda medicinal

La rueda medicinal se crea y diseña en el suelo en relación con los cuerpos celestiales del cielo. El sol sale por el este, anunciando el comienzo de un nuevo día. El cuadrante este es amarillo y anuncia el comienzo de la rueda medicinal. Cuando sale el sol, comienza una nueva vida.

Conocemos la Tierra como un lugar de vida, donde vivimos junto con todos los demás seres vivos de nuestro mundo. Por lo tanto, se deduce que la Tierra caería en el cuadrante sur, el lugar donde la vida prospera. Nos encontramos entre el nacimiento (primavera) y la muerte (otoño). La tierra es sagrada para los seres humanos y también sostiene y nutre la vida.

El cuadrante oeste (negro) representa la luna. Solo cuando la noche es más oscura, la luna brilla más. Aunque pueda resultar contraintuitivo, existe también una segunda conexión. La luna siempre se ha utilizado para trazar el tiempo, y la luna dicta cuándo llega la cosecha. Las estrellas están directamente sobre la tierra, en el cuadrante norte (blanco). Las estrellas reflejan lo que hay debajo de ellas y representan a los que han pasado de la Tierra. Al igual que la luna, las estrellas siempre se han utilizado como guía. Cuando la noche es más oscura, las constelaciones de estrellas muestran el camino a seguir.

Las etapas de la vida y la rueda medicinal

La rueda medicinal representa todo en la vida, y eso significa que también representa la vida misma:

- El crecimiento comienza en la primavera, en el cuadrante este. Nacemos en este mundo en la inocencia, y empezamos a crecer, a alcanzar el cielo. El Este es la dirección de donde surgen o vienen las personas, representando la nueva vida que emerge en la Tierra.
- El cuadrante sur es donde se produce el principal crecimiento: es nuestra adolescencia, la época en la que nuestros cuerpos, mentes y almas crecen más.
- En el cuadrante oeste, hemos crecido por completo: somos adultos y a menudo criamos a nuestros propios hijos. Los objetivos principales de este periodo son la crianza y las responsabilidades. Representa el aspecto emocional de los seres humanos y está relacionado con la búsqueda de nuestro espacio y sentido en esta vida.
- El cuadrante norte representa a las personas mayores, como los abuelos, las tías abuelas, los tíos abuelos, etc. También representa la muerte. Es un lugar de sabiduría y conocimiento donde los ancianos imparten sus lecciones a los jóvenes. El blanco del cuadrante norte simboliza el cabello blanco de los seres humanos mayores. Es un periodo de reflexión e introspección y de intentar comprender los aspectos espirituales de la vida humana. Este cuadrante también representa la muerte.

Comprender las diferentes representaciones de la rueda medicinal

El primer cuadrante de la rueda es donde comenzamos nuestra vida. En esta etapa somos bebés y nuestros cuerpos físicos toman forma dentro del vientre materno; entonces, nacemos. Crecemos, aprendemos y desarrollamos lentamente nuestras facultades físicas. A continuación, pasamos al segundo cuadrante, el cuadrante sur, donde nos adentramos en la adolescencia. Aquí es donde pasamos a construir nuestras habilidades mentales.

El siguiente lugar al que nos desplazamos es el oeste, donde se destaca nuestro aspecto emocional. Este cuadrante representa todas las emociones, como la tristeza, el dolor, la decepción, etc., que nos ayudan a construir la resistencia emocional. El último cuadrante representa nuestro yo espiritual. Incluso a una edad temprana, es probable que nos hayan enseñado cosas espirituales. Sin embargo, solo cuando envejecemos y maduramos empezamos a valorar el poder y la importancia de esas lecciones espirituales. Es el momento en el que aprendemos a vivir de acuerdo con las lecciones que nos hemos imbuido, e intentamos mejorar nuestra espiritualidad.

Por tanto, puede ver que los aspectos físicos, emocionales, mentales y espirituales están interconectados entre sí, y los cambios en uno de ellos afectan al funcionamiento de los tres restantes. Por ejemplo, si la salud física de alguien falla, sus aspectos emocional, mental y espiritual también se ven afectados negativamente. Del mismo modo, si los obstáculos en su camino espiritual desafían a alguien, entonces sus estados físico, emocional y mental se ven afectados.

La rueda medicinal es una herramienta excelente para gestionar las relaciones, ya que representa la importancia del equilibrio en la vida. El equilibrio aporta armonía. Cuando los cuatro cuadrantes están equilibrados entre sí y con los demás, toda la rueda está en armonía. Si una parte de la rueda (dentro de cada cuadrante o en relación con los demás) no está equilibrada, entonces la rueda se vuelve desarmónica. De la misma manera, las personas en las relaciones sienten los efectos de la desarmonía si hay mala voluntad o malentendidos que derrumban el equilibrio.

El cuadrante físico de la rueda medicinal indica el nacimiento o los nuevos comienzos, que traen consigo alegría y calidez, al igual que el sol naciente (el nacimiento de un nuevo día) hace entrar el calor y la luz en este mundo. El nacimiento también puede verse como la estación de la primavera, la estación de las semillas que emergen con nueva vida. Del mismo modo, en una relación de pareja, la primavera representa el acercamiento de los miembros de la pareja que da lugar a una nueva vida.

El verano, simbolizado por el cuadrante sur, se alinea con la etapa de la adolescencia de la vida humana. Los bebés se convierten en adolescentes y pasan a ser adultos, representados por el cuadrante oeste. Los adultos se convierten entonces en ancianos y pasan al cuadrante norte, que representa a los ancianos y a los sabios. Este legado continúa a medida que la rueda gira y las semillas se transmiten al siguiente ciclo. Las semillas transmitidas por los ancianos son una manifestación de su presencia en este mundo incluso después de su fallecimiento. Los ancianos viven a través de nosotros y dentro de nosotros.

Si aprende las lecciones de la rueda medicinal de forma positiva, sentirá un impacto positivo en su forma de ver las cosas y de llevar su vida. Pero también puede tomarse con una connotación negativa. Por ejemplo, veamos los cuatro elementos representados por la rueda. El fuego da el calor y la luz necesarios para nuestra supervivencia.

Sin embargo, si el fuego es excesivo, puede quemar y destruir cosas. Así pues, el aspecto positivo del fuego es que da calor y luz, y el negativo es que también puede destruir y provocar el caos. El elemento tierra sostiene los árboles, nutre nuestras semillas y nos proporciona el grano. Sin embargo, la misma tierra puede causar volcanes destructivos, terremotos, etc. El agua es un elemento que da vida. Sin embargo, cuando se producen inundaciones, la gente pierde propiedades y vidas. Moriríamos sin aire. Y, sin embargo, las tormentas y los huracanes causan estragos.

Así pues, cada aspecto de las lecciones de la rueda medicinal tiene efectos negativos y positivos. Depende de usted cómo quiera manejar las lecciones de la rueda medicinal. De nuevo, el concepto de equilibrio entra en juego aquí. Necesitamos una cantidad equilibrada de los cuatro elementos para sobrevivir. Un efecto desequilibrante de cualquiera de los elementos puede hacer caer la rueda o nuestras vidas.

Uso de la rueda medicinal en la sanación

Como curandero chamánico moderno, puede utilizar la rueda medicinal para equilibrar el bienestar físico, emocional, mental y espiritual de sus clientes. He aquí algunos consejos para usted.

El cuadrante este representa el aspecto físico de la vida humana. Nos enseña a cuidar nuestra salud física para funcionar de forma óptima y a nuestro mejor nivel. Nos enseña a descansar lo suficiente para el cuerpo y la mente, a comer alimentos nutritivos y a asegurarnos de permanecer físicamente activos para mantener nuestro cuerpo en forma y saludable.

Los que tienen dificultades para descansar deben buscar formas de conseguir el sueño que tanto necesitan. Los que tienen problemas para comer en exceso necesitan ayuda para equilibrar su ingesta. Los que tienen problemas con la ingesta necesitan centrarse en comer lo suficiente y en comer los alimentos adecuados. Los que se obsesionan con su cuerpo físico y los que lo ignoran necesitan ser advertidos de la importancia del equilibrio en todo.

Puede ayudar a la gente a superar sus fobias alimentarias, a menudo condicionadas desde la infancia. Si las personas están limitadas por sus recursos, hay que enseñarles a planificar sus finanzas con sensatez para que sus necesidades básicas estén cubiertas de forma suficiente y correcta. Estas personas deben estar dispuestas a sacrificar parte de sus deseos de comida para lograrlo. Nunca se insistirá demasiado en la importancia de un cuerpo físico sano para sus clientes.

Por ejemplo, suponga que alguien tiene que elegir entre comprarse un bonito vestido de fiesta o uno de esos relojes de seguimiento del estado físico, y que solo tiene dinero para uno de los dos. En ese caso, habría que animarle a comprar el reloj y dejar de lado el deseo del vestido. La capacidad de tomar este tipo de decisiones puede mejorar cuando las personas hacen elecciones informadas y orientadas al equilibrio. Las lecciones de la rueda medicinal enseñan el poder del equilibrio.

El aspecto sur de la rueda medicinal se ocupa de nuestro bienestar mental. Este cuadrante nos enseña a dedicar tiempo a las cosas que nos aportan alegría y felicidad. Por ejemplo, puede ayudar a su cliente a descubrir una afición a la que pueda dedicarse durante su tiempo libre. Cuando está muy estresada, tomarse unos minutos para pintarse las uñas, leer un libro o ver su programa favorito puede ayudarla a recuperar su equilibrio mental para sentirse preparada para afrontar los retos de su vida.

El aspecto occidental de la rueda medicinal se ocupa del bienestar emocional. Las lecciones de este cuadrante suelen ser más difíciles de aprender y practicar que las dos primeras. Los problemas emocionales con los que luchamos la mayoría de nosotros suelen tener su origen en la autoestima, en tener una visión positiva, en la falta o ausencia de capacidad para afrontar el estrés, en hacer ajustes, en lidiar con las relaciones, etc.

Estos aspectos suelen ser los más difíciles de tratar porque todos ellos están profundamente incrustados en nuestra psique. Nuestras creencias limitantes, nuestros condicionamientos de la infancia, incluso la forma de gestionar las relaciones interpersonales, etc., son muy difíciles de superar. Por ejemplo, una persona introvertida necesita salir y hacer amigos con más frecuencia de lo habitual. Se necesita mucho tiempo para adaptarse a un nuevo rasgo de personalidad. Del mismo modo, un extrovertido necesita encontrar la manera de sentirse cómodo consigo mismo y no depender de la sociedad para ser feliz. Lleva tiempo hacer estos cambios. Pero una vez que sea consciente de ello, podrá realizar los cambios deseados para conseguir un impacto positivo en su vida.

El aspecto norte de la rueda medicinal se ocupa del aspecto espiritual de la vida humana. Puede enseñar a sus clientes a profundizar en su mente y descubrir su auténtico yo. Cuanto más se conecte con su interior, más cerca estará de la iluminación espiritual.

La rueda medicinal puede ayudar a las personas a lidiar con sus problemas no resueltos del pasado. Puede ayudar a las personas a lidiar con los traumas y la pena en lugar de depender de los medicamentos o las drogas ilícitas. La rueda medicinal le enseña que está bien llorar y sentir pena. Le enseña a cuidarse durante las situaciones difíciles y a salir indemne.

La rueda medicinal es el símbolo por excelencia de la interconexión de todas las cosas en este mundo. Este hecho es un poderoso indicador del pensamiento tranquilizador de que no estamos solos. Y como chamán, enseñar a sus clientes esta lección les dará la fuerza necesaria para superar los retos, las dificultades y los obstáculos.

Capítulo 4: Herramientas chamánicas - De la Mesa a la música

El trabajo chamánico puede imaginarse como una danza bien coreografiada en la que participan el chamán, el buscador (el que ha venido a buscar la ayuda del chamán) y la Fuente Única (espíritu) de todo el cosmos. Los chamanes tienen que entrar o viajar a la realidad desconocida y no ordinaria para acceder a las energías ocultas, eliminar algunas y transformar otras para satisfacer las necesidades del buscador.

Cuando un chamán practica sus viajes entre mundos, suele ayudarse de un conjunto de herramientas, al menos en el periodo inicial de la práctica chamánica. Puede llegar (y llegará, si persiste con diligencia) un día en el que estas herramientas externas se vuelvan redundantes, y un simple movimiento de su dedo sea suficiente para cumplir con su cometido en los diversos mundos por los que viaja.

Tal vez sea una buena idea comenzar este capítulo hablando de la herramienta más importante y primordial en el kit de herramientas de un chamán, es decir, la mente. Los chamanes tratan con el mundo invisible, lo que solo puede hacerse con eficacia cuando la mente es poderosa, fuerte, flexible y puede tratar con la dinámica del mundo invisible.

El poder de la mente

Antes de explicar la naturaleza de los reinos con los que trabaja un chamán, es imprescindible conocer la naturaleza, la estructura y el poder de la mente humana, la herramienta más importante que se necesita y se utiliza en el chamanismo. La mente humana es única en el sentido de que está cautiva dentro de nuestro cuerpo físico y también forma parte de la realidad no lineal y no física formada únicamente por espíritus. La mente que está cautiva del cuerpo físico se llama mente interna, y la que está vinculada al mundo de los espíritus es la mente externa.

Cada una de las mentes interna y externa comprende siete capas separadas y distintas. Con sus siete capas, la mente interior está anclada dentro de la estructura de nuestro cuerpo, cubriendo la realidad lineal física, emocional y energética. La mente exterior y sus capas no tienen una forma o estructura lineal. No existen ni pueden existir en la realidad física lineal. Las mentes externas están conectadas y ancladas al espíritu.

La mente interior

Las capas de la mente interior son las siguientes:

- **Capa 1 -** Se ocupa del metabolismo básico del cuerpo y de otros procesos físicos.
- **Capa 2 -** Mente subconsciente profunda.
- **Capa 3 -** Mente subconsciente.

- **Capa 4** - Mente consciente inferior.
- **Capa 5** - Mente consciente superior.
- **Capa 6** - Mente metaconsciente inferior.
- **Capa 7** - Mente metaconsciente superior.

La primera mente interior, o capa 1, es la capa básica de la mente profundamente apegada al cuerpo físico. Tiene muy poco conocimiento más allá de los procesos que mantienen y sostienen la realidad física de la vida. Está bien aislada del reino espiritual y es muy robusta y fuerte. La mente preconsciente elemental se observa en todas las formas de vida, incluidas las plantas, los animales y los seres humanos.

El papel principal de la primera mente interior es preservar el funcionamiento del cuerpo físico. Esta primera capa puede mantener la vida en el cuerpo físico cuando las restantes capas de la mente interior están incapacitadas; una condición que se denomina médicamente *coma profundo*. La primera capa de la mente existe en un universo separado gobernado únicamente por el ego.

La segunda mente interior, o capa 2, es la capa subconsciente profunda que alberga las cualidades inherentes básicas, los comportamientos y las respuestas de la especie y el género. Interactúa sincrónicamente con la primera capa en lo que respecta al instinto y la respuesta. La segunda capa también se comunica e interactúa con la capa 3 de la mente interior y, en casos de estrés extremo, también puede comunicarse directamente con la capa 4.

El papel de la segunda capa es hacer surgir las respuestas instintivas necesarias para la supervivencia del propio cuerpo físico y de toda la especie. Los miedos instintivos y situacionales profundamente arraigados y las respuestas físicas relacionadas con la supervivencia de la especie pertenecen a esta segunda capa.

La tercera mente interior, o capa 3, viene justo antes del nivel de la mente consciente, y en psicología, este nivel se conoce como "la mente subconsciente". Contiene y trata la información relativa a la especie, los recuerdos raciales y familiares profundamente arraigados, los instintos sociales, etc.

El papel de este estrato es asegurar la supervivencia ambiental y social de la especie. También gestiona el aprendizaje observacional relativo a otras especies de las que esta especie depende. La tercera capa de la mente interior es mucho menos robusta y más dinámica que las dos capas anteriores, en gran parte estáticas, y es capaz de procesar y aprender información muy compleja.

Aunque la mente consciente puede conectarse y estar en comunión con esta capa directamente, se resiste a la conexión directa debido al miedo subyacente de la mente consciente a enredarse inextricablemente con el funcionamiento de los niveles más profundos de la mente interior. Los síntomas de una tercera capa dominante incluyen:

- Falta de identidad individual.
- Desapego de la personalidad.
- Comportamientos delirantes e inapropiados.

La cuarta mente interior, o capa 4, es la mente consciente inferior y se ocupa de la identidad del yo, del medio ambiente y del entorno físico. Se ocupa del conocimiento de las normas y reglamentos de la sociedad, los comportamientos no instintivos, las actitudes, etc. La mente consciente, que es el nivel más sólido de la mente humana, suele superar los impulsos e instintos de los niveles inferiores.

El papel del cuarto nivel de la mente interior es interactuar con otros seres físicos, aprender acciones y comportamientos físicos, el aprendizaje de memoria, las conductas y las respuestas. Este nivel es el de los comportamientos aprendidos que tratan con respuestas e impulsos mayormente no automáticos y con un lenguaje simple y poco complejo. Es el nivel que se ocupa de las cuestiones existenciales.

La quinta mente interior, o capa 5, es el nivel de conciencia superior. La función de esta capa tiene que ver con la adquisición de habilidades y conocimientos más elevados que la capa anterior. Se ocupa de la comunicación compleja y a menudo se ocupa de la innovación. Es el primer nivel en el que surge el concepto de justicia y ley (correspondiente a la acción y las consecuencias de la capa anterior).

Es la parte de la mente donde empezamos a cuestionar nuestra existencia. También es la capa donde comienza la autoexploración. También se ocupa de los conceptos abstractos. Este nivel puede interactuar, consciente o inconscientemente, con las capas externas de la mente interior y con las capas internas de la mente exterior.

La sexta mente interior, o capa 6, es la mente metaconsciente inferior. Esta capa puede comunicarse tanto con la quinta capa como con las capas superiores. La mayoría de las personas, en circunstancias normales, no son capaces de acceder a las capas sexta y séptima de la mente interior. Algunas personas, sobre todo las adeptas y hábiles a la innovación, pueden acceder a la sexta capa utilizando sus poderes para concebir ideas únicas y novedosas y/o para resolver problemas de forma novedosa.

En muy raras ocasiones, las capas sexta y séptima pueden fusionarse y funcionar como una sola. Estos raros escenarios representan momentos de poderosa intuición, premonición y comprensión de algo a nivel metaconsciente. Sin embargo, es posible entrenarse para acceder a estos niveles metaconscientes de su mente.

La séptima mente interior, o capa 7, es el nivel superior de la mente metaconsciente. En este nivel se almacenan todos los recuerdos, las experiencias y los acontecimientos sensibles que hayan ocurrido en su mente. La función de este nivel es similar a la del nivel anterior, pero de forma más refinada y magnificada.

La resolución y el tratamiento de cogitaciones filosóficas profundas, las innovaciones en temas abstractos como la astronomía y la cosmología, etc., se producen en esta capa. Como se ha mencionado anteriormente, cuando las capas sexta y séptima se combinan (en casos muy, muy raros), se define por momentos de profunda y poderosa inspiración. Esta capa es donde la realidad física lineal se encuentra con la realidad espiritual no lineal.

La séptima capa de la mente interior puede interactuar y comunicarse con todas las capas anteriores, las inferiores. Sin embargo, esto solo puede ocurrir en momentos de absoluta tranquilidad y calma. Con un entrenamiento adecuado y una práctica diligente, se puede acceder a los poderes de esta séptima capa, lo que, a su vez, abre la puerta a la mente exterior, una situación que es posible en las experiencias cercanas a la muerte.

Unos pocos expertos están tan excepcionalmente entrenados que pueden acceder a las capas de la mente exterior a través de esta última capa de la mente interior. Estos tienen una capacidad de curación excepcional y una clarividencia superior, mucho mejor que los dones psíquicos tradicionales de los que algunos somos capaces.

La mente exterior

Las capas de la mente exterior son las siguientes:

- **Capa 1** - Nivel de superconciencia individual.
- **Capa 2** - Nivel de conciencia familiar.
- **Capa 3** - Nivel de conciencia racial y familiar extendido.
- **Capa 4** - Nivel de conciencia del genotipo o de la especie.
- **Capa 5** - El origen compartido del cuerpo físico o la vida (normalmente a nivel planetario o incluso galáctico).
- **Capa 6** - Nivel de conciencia galáctico.
- **Capa 7** - La mente universal omnipresente o la mente de la vida.

Las capas de la otra mente son similares funcional y estructuralmente a las de la mente interior, salvo que, en lugar de estar ligadas a un cuerpo físico, forman parte de una realidad no lineal en expansión. Una persona que pueda acceder a la mente exterior experimentará los pensamientos y recuerdos de las mentes de otros componentes como si le estuvieran ocurriendo a ella.

Sin embargo, las personas con habilidades tan poderosas son extremadamente raras y rara vez se ven en la sociedad común. Puede ser que tales personas vivan solas como ermitaños en alguna cueva profunda y aislada en las montañas. Seguro que ha oído hablar de yoguis y yoguinis que viven en condiciones extremadamente frías y duras en el Himalaya, sin necesidad de ningún tipo de comida ni ropa. Estos pueden haber fusionado las realidades lineales y no lineales y pueden utilizar los recursos desde cualquier lugar y en cualquier momento.

La primera mente exterior es el depósito de todos los pensamientos, experiencias y recuerdos individuales. Es como un caché atemporal lleno de todas las experiencias del individuo. Esta capa es, quizás, accesible por la mente metaconsciente, y cuando esto ocurre, lo llamamos un momento déjà vu. Cuando esta capa interactúa con las capas externas de la mente interior, surgen formas espectaculares de innovación y creatividad.

La segunda mente exterior es la capa familiar compartida por el individuo y los espíritus afines. Los individuos vinculados energéticamente utilizan esta capa para crear vías de conexión entre ellos. Con el entrenamiento, esta capa puede interactuar y comunicarse con las capas quinta, sexta y séptima de la mente interior.

La tercera mente exterior está formada por patrones creados por y que afectan a todas las personas de una raza en particular, y a veces, también a más de una raza. Esta capa de la mente exterior resuena con las capas tercera y cuarta de la mente interior de todas las mentes implicadas en la raza.

La cuarta mente exterior es el espacio compartido por toda una especie o, al menos, por un género particular dentro de una especie. Esta capa resuena con las cuatro primeras capas de la mente interior.

La quinta mente exterior está formada por las energías de los mismos orígenes planetarios, y resuena con las capas superiores de la mente interior desencadenando emociones basadas en el bienestar de la comunidad, como la conservación, el altruismo y la conciencia planetaria. Esta capa envía continuamente mensajes a las capas metaconscientes inferiores y superiores de la mente interior, influyendo en la identidad planetaria y en una profunda conexión con todas las formas de vida de ese planeta.

La sexta mente exterior es una mente galáctica formada por las energías de todas las formas de vida dentro de una galaxia. Esta capa es tan vasta que la mayoría de las mentes no lineales no pueden soñar siquiera con tocar su borde sin perder la cordura.

La séptima mente exterior es la mente de la vida y está formada por todas las formas de vida que son, que fueron y que serán. Cualquier conciencia que toque esta capa ha experimentado todo lo que queda por experimentar en este cosmos, desde ser un microbio unicelular hasta quedar atrapado en la inextricable red de desechos cósmicos.

La Mente de la Vida es espíritu puro y abarca todo el cosmos. Es el pegamento que mantiene unido todo en el universo. Cuando una mente individual interactúa con la Mente de la Vida, se produce una mezcla completa e irreversible de todos los niveles de existencia.

El poder de la mente es tan vasto y puro que es fácil perder la cordura en la interminable inmensidad. Si puede acceder, aunque sea a un mínimo porcentaje de su vasta mente, el viaje del chamanismo se volverá suave y fácil. Por lo tanto, la mente humana es la herramienta más importante en el kit de herramientas de un chamán.

Cuanto más trabaje con su mente, más poderosas serán sus capacidades chamánicas. Pase mucho tiempo haciendo meditaciones, visualizaciones, prácticas de atención plena, etc., para que su mente esté entrenada para escucharle a usted, *y solo a usted.* La mente es lo que necesitará para interactuar y comunicarse con lo invisible. Cuando se convierta en un maestro, la única herramienta que necesitará será su mente. Las otras tangibles que se discuten a continuación se convierten en meros símbolos para un maestro.

Mesa

Una Mesa o "conjunto medicinal" es la herramienta por excelencia de un chamán. En español, Mesa se traduce como "meseta alta", que es el lugar que un chamán visita para reunirse con los espíritus. Una Mesa es un "altar portátil" y contiene todos los elementos que necesita el Chamán para sanar, realizar oraciones y ceremonias y para la adivinación.

Una Mesa es muy personalizada y difiere de un chamán a otro. Sin embargo, casi siempre contiene algunas piedras curativas, tótems y artefactos que el chamán ha recogido, regalado o ganado durante su viaje chamánico. El "conjunto de piedras" suele recogerse y acumularse durante el entrenamiento chamánico del chamán y, a veces, incluso durante su viaje de sanación. Se lleva a cabo un ritual ceremonial para conectar la Mesa con los poderes de todo un linaje de chamanes sanadores, de modo que su sabiduría y poder curativos sean accesibles en la Mesa.

Una Mesa también puede contener objetos de poder y regalos que ayudan al chamán a comunicarse con los espíritus. Estos objetos pueden ayudar a alejar el mal y las energías negativas o incluso a diagnosticar dolencias y enfermedades. Estos objetos suelen llevarse en una bolsa de tela de colores hecha específicamente para este fin, o a veces, simplemente un trozo de tela favorito convertido en un envoltorio para los objetos.

La Mesa está dividida en tres secciones, a saber:

- El campo de la oscuridad (o campo ganadero) - los elementos de esta sección se encuentran a la izquierda.
- El campo de la luz o de la justicia (o campo justiciero) - se mantiene a la derecha.
- El campo neutro (o campo medio) - se encuentra en el centro, entre la oscuridad y la luz.

Las piedras de la Mesa se utilizan para mover y transmutar las energías en el campo áurico y el cuerpo físico del buscador para lograr los resultados deseados. Un chamán también lleva un tambor o un sonajero (más adelante se hablará de ellos) en la Mesa. El tambor y el sonajero se utilizan para alcanzar un estado de trance con el que el chamán puede "viajar" más allá del mundo físico y encontrar la raíz del problema o problemas del buscador.

Una Mesa es como un altar ambulante con el poder de conectar al chamán con los hilos del cosmos. La colección de piedras sagradas que lleva la Mesa actúa como una puerta de entrada al mundo espiritual y un ancla a la Madre Tierra. Los tótems y los objetos de poder vibran con su energía y usted, como chamán, puede experimentar estas vibraciones.

A menudo, los chamanes recogen sus piedras y artefactos basándose en su conexión vibratoria con estos objetos. Cuando recoja o toque un objeto que le llame energéticamente, es probable que sienta un fuerte cosquilleo en la mano o en el cuerpo. Es como si algo que ha estado esperando le llegara. Es una experiencia personal y sagrada y varía de un chamán a otro.

Cuando un chamán abre su Mesa, representa la apertura del cuerpo energético del chamán. Este acto de apertura es también un ritual de iniciación en cualquier ceremonia. Establece el tono para el trabajo de base antes del comienzo de una ceremonia. La Mesa también representa un viaje al mundo cósmico organizado y a las profundidades del alma humana, desde su nivel consciente hasta sus niveles subconsciente y superconsciente.

Cuando activa la Mesa, no solo está abriendo su cuerpo energético, sino también equilibrando sus aspectos femeninos y masculinos, un equilibrio que constituye un importante rasgo fundacional del chamanismo. Este equilibrio ofrece la sabiduría necesaria para ver las cosas en su justo equilibrio y conectar con la sabiduría que emerge de la energía vibratoria del contenido.

La Mesa es una poderosa representación de la naturaleza. Las piedras sagradas conectan al chamán con la Madre Tierra, llamada Pachamama entre los incas. La Mesa conecta el cuerpo energético del chamán con la energía universal, en general, y con el mundo espiritual, en particular.

La Mesa ofrece a su portador (el chamán) el poder de mantener su energía junto con el poder energético de su contenido y de transmutarlo y transmitirlo cuando y en la forma que sea necesario. Además, la Mesa permite al chamán ampliar la energía contenida en sus confines, en función de la necesidad.

Cómo crear su propia Mesa

Aunque hoy en día existen múltiples opciones de compra en los mercados en línea y fuera de línea, no hay nada más personal y personalizado que crear su propia Mesa. He aquí algunos pasos sencillos que puede seguir para fabricar su propia Mesa mientras da sus primeros pasos en el fascinante mundo del chamanismo.

Elija una Mestana adecuada, una tela sagrada que formará la cubierta exterior de su Mesa. La Mestana representa la personalidad externa de las personas que el mundo ve y con las que interactúa. Puede elegir una buena tela de altar en cuya sacralidad tenga fe. Normalmente, las dos caras de la Mestana se hacen de forma que representen los aspectos masculinos y femeninos, la parte lineal física y la parte no lineal física del cosmos.

Elija una tela interior adecuada para su Mesa, conocida como Unkuna o Wachala, que representa su mundo interior (la visión que no ve el mundo a menos que usted decida mostrarla) y lo que se esconde bajo la Mestana o la personalidad externa. Esta tela interior contendrá el "conjunto de piedras" y otros artefactos sagrados y objetos de poder contenidos en su Mesa. Además, cada una de las piedras, artefactos u objetos contenidos en su Mesa se envuelve primero en una tela propia antes de colocarla en la Mesa.

Tanto la Unkuna como la Mestana suelen ser coloridas y tienen caracteres únicos relacionados con el chamán. Llevan tejidos ojos de protección para alejar los efectos de los ojos malignos. A veces, la Mesa está diseñada en cuatro cuadrados o cuadrantes que representan sus cuatro cámaras.

La corbata de la Mesa, también conocida como *corbata de la envoltura,* une los paños interior y exterior (que representan sus mundos interior y exterior). Las diferentes corbatas tienen diferentes historias de fondo vinculadas a ellas. Por ejemplo, el pini está ensartado con cuentas, cada una de las cuales representa una oración o bendición del Sol, y se llama inti-watana. Los símbolos clave de la corbata de Chinchero son los ojos de protección que se tejen en ellas.

Elija una campana cuyo sonido y vibraciones resuenen con usted. El sonido de las campanas ayuda a los chamanes a concentrarse y despejar los obstáculos energéticos antes, durante y después de un ritual. La mayoría de los chamanes llevan dos campanas y un sonajero en su Mesa. Una de las dos campanas representa a los espíritus de las altas montañas y el aspecto masculino del universo, mientras que la otra campana representa a la Madre Tierra y el aspecto femenino del universo. La campana que representa a las altas montañas es blanca, y la campana que representa a la tierra es roja.

Elija sus objetos sagrados. Puede elegir una serie de objetos sagrados, desde piedras talladas a mano, objetos de poder, pequeñas figuritas, objetos de limpieza, esencia sagrada, etc. Debe comprobar que las piedras sagradas (llamadas *q'uiyas*) no estén astilladas, rotas o les falte algún componente.

Las q'uiyas están impregnadas de una sabiduría energética que un chamán entrenado y experimentado puede leer e interpretar. Una piedra astillada o rota significa que se ha perdido parte de la información energética, lo que, a su vez, podría dar lugar a interpretaciones y lecturas erróneas. Los objetos de poder simbólico suelen ser ganados por el chamán y suelen constituir el elemento principal de la Mesa. ¡Su bolsa Mesa está lista!

Tambores

El tamborileo es una de las técnicas más comunes utilizadas por los chamanes para alcanzar un estado de conciencia superior. El tambor que se encuentra en la mayoría de las Mesas de los chamanes es un instrumento de mano. Cuando se toca de forma continua, rítmica y casi monótona, el chamán puede alcanzar un estado de conciencia muy relajado, que le ayuda a alcanzar el mundo espiritual. El ritmo más común de los chamanes es entre 180 y 250 pulsaciones por minuto. Este ritmo ayuda al chamán a alcanzar un estado mental no ordinario y a experimentar la realidad espiritual.

En julio de 2014 se publicó un estudio titulado "Explorando el viaje chamánico: El tamborileo repetitivo con instrucciones chamánicas induce experiencias subjetivas específicas, pero no una mayor disminución del cortisol que la música de meditación instrumental". Demostró que tocar un tambor a 180 pulsaciones por minuto de forma continuada durante 15 minutos puede inducir un estado de trance y sueño. Además, se cree que el toque de tambor chamánico induce una actividad cerebral sincrónica que, a su vez, da lugar a una profunda autoconciencia.

El sonido del tambor de un chamán forma parte integral de cualquier ritual chamánico. El chamán suele calentar el tambor manteniéndolo sobre el fuego para conseguir el tono deseado. El chamán utiliza variaciones sutiles de tono, subtonos y timbre para comunicarse con el mundo espiritual.

Cómo hacer su propio tambor

Necesitará los siguientes elementos:

- Un trozo grueso (entre 0,75 mm y 1,5 mm) de piel de animal en bruto. Lo mejor es utilizar la piel de una cabra, un ciervo o un alce.
- Tiras de cuero crudo para el cordón.
- Palo para la vara del tambor.
- Agua en un recipiente grande para empapar el cuero crudo.
- Cuero blando o un trozo de tela suave.
- Cuchillo afilado, un par de tijeras afiladas, un cincel pequeño y un mazo.
- Rotuladores artísticos solubles en agua (para hacer marcas).
- Láminas de plástico para poner en el suelo para trabajar.

Como principiante, es mejor comprar un marco resistente para sus tambores en lugar de intentar hacer uno por su cuenta. Consiga un marco con un diámetro de al menos 250 mm y, para este tamaño, lo ideal sería una profundidad de 50 mm

Ahora, prepare el cuero crudo para su uso poniéndolo en remojo en un recipiente grande lleno de agua, asegurándose de que la piel esté completamente sumergida en el agua. Espere a que la piel se ablande completamente antes de intentar trabajar con ella. Normalmente se necesitan entre 8 y 24 horas (dependiendo del cuero crudo) para que se vuelva flexible y suave.

Coloque la piel ablandada en una superficie limpia y plana, y marque la zona que desea utilizar para el parche del tambor. Coloque el armazón que ha comprado en este espacio, asegúrese de que es lo suficientemente grande y de que no hay partes finas en la piel. Cuando esté totalmente satisfecho, utilice el bolígrafo para marcar alrededor del marco para cortarlo.

El círculo que dibuje debe ser más grande que el diámetro del marco porque tendrá que girar un poco la piel dentro del marco para fijarla. Una vez que haya hecho las marcas correctas, recórtela con unas tijeras afiladas.

Utilice la parte trasera de la piel (el lado que era la parte interna de la piel del animal) para hacer las marcas. La parte exterior, que es el lado granulado, formará el exterior de su tambor. La parte interior tendrá pequeños cortes y magulladuras (en la parte en la que se cortó la piel de la canal), mientras que la parte exterior tendrá el aspecto del cuero.

La piel sobrante puede utilizarse para hacer las tiras de cordón necesarias para encajar el tambor en el marco. Recuerde que los cordones deben ser gruesos. A continuación, debe cortar agujeros en el parche del tambor para los cordones. Para el diseño descrito aquí, necesitará un número impar de agujeros alrededor del tambor, equidistantes entre sí. Marque estos agujeros y córtelos con un martillo y un cincel. Vuelva a poner el tambor preparado en el agua y déjelo en remojo durante algún tiempo más.

Cuando esté listo, coloque el aro sobre él para que la piel sobrante se distribuya por igual a través del parche del tambor. Ahora, utilice las tiras de encaje para atar la piel al armazón a través de los agujeros. Asegúrese de que el parche del tambor está bien apretado mientras ata el cordón a través del armazón, asegurándose de que no haya ninguna holgura en el parche del tambor.

Repita esto también en el otro lado del marco. Cuando haya suficiente tensión en el cuero crudo, tendrá un sonido encantador y resonante cuando se seque. Cuando el tambor esté totalmente listo, puede pintarlo, dibujar en él y personalizarlo a su gusto.

Un tambor de chamán, también llamado caballo de chamán, es un medio sencillo pero eficaz para lograr una trascendencia controlada. Por lo tanto, dedique algo de tiempo y esfuerzo a conseguir el tambor adecuado para su viaje chamánico.

Sonajeros

Los chamanes suelen utilizar los sonajeros para diversos fines. Entre ellos, comunicarse con los espíritus ancestrales, aliados, ayudantes, guías, etc., del mundo espiritual e invocarlos. El sonido del sonajero también puede ayudar a alcanzar estados superiores de conciencia. Se utiliza durante los rituales de curación para limpiar la energía del entorno. Es una de las herramientas chamánicas más antiguas utilizadas para la recuperación del alma y para remediar los síntomas de la pérdida del alma. También se utiliza para trabajos de adivinación.

El sonido del sonajero es comparable al de la lluvia y nos recuerda el poder limpiador de las lluvias. Cuando se huele el sonajero después de haberlo utilizado, se percibe el olor del carburo que se forma cuando los cristales del interior de la carcasa de cuero chocan entre sí y contra las paredes del recinto.

Si coloca el sonajero cerca de sus oídos cuando lo agite, sentirá la presión del viento que se mueve en su interior. Los propios cristales y piedras representan el elemento tierra. Por lo tanto, un sonajero contiene el poder y la energía de los cuatro elementos básicos en su interior. Si quiere hacer su propio sonajero, puede seguir los siguientes pasos.

Cómo hacer su propio sonajero

En primer lugar, debe poner el cuero crudo en remojo durante la noche hasta que adquiera una textura manejable. Si utiliza cueros más finos, como los de oso o caballo, se vuelven maleables en unas 4 horas de remojo. Casi todos los demás cueros necesitan casi 8 horas de remojo antes de que sean manejables.

Corte y dé forma a las dos piezas de la cabeza y perfore agujeros de cordón en el extremo de cada pieza para poder coserlas. Vuelva a sumergir las piezas de la cabeza en el agua hasta que se vuelvan blandas y flexibles. Coloque los dos trozos de piel juntos para formar la cabeza del sonajero. Utilice el tendón artificial para coserlos juntos firmemente. Asegúrese de pasar el cordón por cada orificio dos veces para garantizar la tensión.

A continuación, rellene esta cabeza con arena asegurándose de que está bien presionada hasta que la cabeza del sonajero esté bien llena de arena. Coloque un palo en la abertura de la cabeza del sonajero. A continuación, junte los dos extremos de los cordones y el palo para mantener la forma de la cabeza, y utilice las manos para dar a la cabeza del sonajero la forma que desee.

Ate un cordel en el extremo exterior del palo y cuelgue el sonajero con la cabeza hacia abajo para que parezca un péndulo colgando. Déjelo así durante un par de días hasta que la cabeza esté completamente seca. Cuando esté listo, retire la cabeza de su lugar de colgado y desate el cordón artificial; retírelo también junto con el palo. Expulse la arena por el agujero formado por el palo.

A continuación, ponga algunas cuentas, maíz o piedras pequeñas en la cabeza. Agítelo enérgicamente hasta que todos los restos de arena pegados a las paredes se adhieran al maíz o a las cuentas. Vacíelo para que el cabezal quede completamente libre de arena.

Después, elija las cuentas u otro material de su elección. Póngalas en la cabeza del sonajero. Agítelo y compruebe si el sonido que oye es el que desea. Haga los cambios que desee hasta que consiga el sonido que desea.

Ahora, fije el mango con pegamento. También puede utilizar un poco de hilo para coser el cuello y fijar el mango con firmeza. Y su sonajero está listo para ser utilizado. Si lo desea, puede envolver el mango con hilos o tiras de cuero para mejorar el aspecto y el tacto de su sonajero.

El papel psicoacústico de la música y los sonidos

La música y los sonidos repetitivos son excelentes herramientas utilizadas por los chamanes para elevar su conciencia. La música chamánica forma parte de todos los rituales chamánicos. Pero no es una actuación en el sentido habitual de la palabra. La música producida por el chamán está dirigida al mundo espiritual y no a los oyentes presentes.

Valentina Suzukei, una destacada, popular y muy venerada musicóloga tuvana, dice,

> *"Hay un puente en las ondas sonoras creado por la música chamánica que abre una puerta al mundo espiritual. Cuando la música se toca a un ritmo determinado, se abre*

un túnel a través del cual el chamán puede pasar a otro mundo y entrar en comunión con un ser que reside allí. Cuando la música cesa, el puente desaparece".

Los chamanes son creadores de fenómenos auditivos poderosos y únicos. Cada chamán tiene su propio repertorio de sonidos y su ritmo de acompañamiento para invocar a diversos espíritus. Eligen el ritmo en función de sus necesidades. Además, la percusión no se limita a un tempo determinado. A menudo, los chamanes aumentan o disminuyen el tempo, hacen pausas o incluso utilizan un tempo desigual para entrar en comunión con los espíritus.

La música que se utiliza en el chamanismo es principalmente para lograr algunos objetivos específicos, entre ellos:

- Elevar la conciencia del chamán a niveles superiores.
- Ayudar en el proceso de sanación.
- Alejar las energías negativas que son contraproducentes para el ritual y sus resultados deseados.

El chamán improvisa los sonidos musicales a medida que emprende sus viajes chamánicos en función de las experiencias y los encuentros. Los sonidos que utilizan incluyen tambores, cascabeles, golpes con las palmas, campanas tintineantes, etc.

El tamborileo sincroniza los hemisferios izquierdo y derecho del cerebro, lo que da lugar a la integración de la conciencia consciente y subconsciente. La mente subconsciente interpreta y comprende la información a través de símbolos e imágenes. Además, el sonido rítmico de los tambores sincroniza las partes inferiores y frontales del cerebro, integrando así los datos no verbales en su capacidad interpretativa.

La música, los golpes rítmicos y el canto tienen el poder de cristalizar la capacidad del ser humano de traducir una experiencia de trance en una narración significativa. Y, por último, las experiencias de trance chamánicas se expresan de muchas maneras creativas, incluyendo el arte, la escritura, incluso la filmación, etc. La forma en que un chamán utiliza el poder del sonido, la música y el ritmo refleja su entorno interior.

Canciones de poder

Cada chamán tiene su propia canción, comúnmente llamada canción de poder. Es muy individualista y anuncia la llegada del chamán al mundo espiritual. La canción de poder puede traducirse así: *"Estoy aquí en su mundo con problemas. Por favor, ayúdame".* La canción de poder se canta normalmente al comienzo de un ritual y casi siempre va acompañada de sonidos de tambores.

Las canciones de poder son oraciones orales que salen directamente del corazón del chamán. Expresan el poder personal del chamán y su auténtico ser. Cantar la canción de poder hace que el cuerpo y la mente del chamán entren en resonancia con el tambor que late. Siempre es mejor crear su propia canción de poder porque su efecto es óptimo cuando sale directamente del corazón.

La importancia de una canción de poder puede entenderse por la cita de Gregory Maskerinec, el famoso autor y etnógrafo. Dijo,

"En el mundo del chamanismo, las palabras tienen el poder de transformar las sustancias. La propiedad medicinal o cualquier otra de las materias primas no es nada cuando se compara con el poder del habla y de las palabras habladas".

Utilice estos consejos para crear su propia canción de poder:

- Inicie su día rezando a sus espíritus guías para que le inspiren y le ayuden a descubrir su canción de poder.
- Ayune durante todo el día.
- Pase todo el día a solas en un entorno exterior, preferiblemente en medio de la naturaleza. Un lugar en la naturaleza alejado del ruido de un entorno urbano sería ideal.
- No presione su mente para pensar demasiado. Déjese llevar por la corriente.
- Dé un paseo entre los árboles de la naturaleza y ábrase a la comunicación con los elementos naturales que vea a su alrededor.
- Esté atento a las sincronicidades que conectan su mundo interior con el entorno exterior. Por ejemplo, podría haber tenido un sueño sobre una flor concreta y ver la misma flor

en un prado o a lo largo del camino del bosque. Podría recibir un mensaje por el sonido de un pájaro, un insecto o un animal, o puede que un animal se le aparezca continuamente durante su paseo. Es importante prestar atención a estos mensajes.

- Adopte los sentimientos del animal, pájaro o insecto con el que se sienta conectado. Si es su primer intento, es posible que no capte la canción completa inmediatamente. Puede que solo le llegue la melodía. En esos casos, podrá completar la letra en sus siguientes salidas.
- Una vez que su canción esté lista, adóptela, abrácela y hágala parte de su personalidad. Cuanta más emoción ponga en ella, más fuerza tendrá su canción.

Las herramientas explicadas en este capítulo forman parte integral de la vida de un chamán. Cuanto más se comprometa con estas herramientas, más estrechamente reverberarán sus energías con su poder personal y más eficaz será su uso para usted.

Capítulo 5: Caminar con los ancestros

Los ancestros desempeñan un papel muy importante en la tradición chamánica. Enseñan, guían y ayudan al chamán principiante, especialmente en el viaje chamánico, una práctica chamánica por excelencia que se trata en la siguiente parte del libro.

Comprender a los ancestros

Casi todas las sociedades humanas tienden a cuidar y a comunicarse de una u otra manera con los muertos, dándoles el título de "ancestros" o de aquellos que caminaron por esta tierra antes que ellos. Se puede confiar en que la mayoría de los ancestros trabajen por su bienestar porque se preocupan por el bienestar de la sociedad a la que pertenecieron. Todos nosotros traemos todo lo bello y amoroso de nuestra línea ancestral, y por lo tanto podemos confiar en ellos para que velen por nuestro bienestar.

En el chamanismo, los "ancestros ayudantes" son espíritus que vivieron bien durante su tiempo y murieron en paz cuando les llegó su hora. Sin embargo, hay ancestros que no llevaron una vida muy feliz y podrían arrastrar la amargura y la ira con ellos al mundo espiritual. La salud energética de un antepasado está referenciada en una práctica escala que mide del 1 al 10 por Daniel Foor en su libro "Medicina Ancestral", utilizando el siguiente método:

- La escala de salud energética entre 7 y 10 son los "verdaderos ancestros" que han vivido bien, han cruzado al otro lado, han resuelto sus asuntos pendientes y han vuelto para cuidar del bienestar de su progenie y sus sucesores.
- Las métricas de salud energética entre 4 y 6 son fantasmas y espíritus sanos y comunes (a menudo con buenas intenciones), pero que no son recibidos por el otro lado cuando intentan cruzar.
- La salud energética entre 1 y 3 son espíritus fragmentados, problemáticos y potencialmente peligrosos.

Los ancestros biológicos son fuentes vitales de energía. El chamanismo también se centra en descubrir, restaurar y mantener las fuentes vitales de energía, incluyendo esos hilos de vida continuados en la línea ancestral, en la naturaleza y en todo el cosmos que conforman la vida de nuestro ser interior.

El truco aquí no es preocuparse por la escala de salud energética tanto como por la forma en que creamos y mantenemos nuestras relaciones con estas fuentes vitales de energía, ya que, no tener el tipo correcto de relación podría resultar en la devastación y la desesperación para todos, incluidos los buscadores y los chamanes que viajan a los tres mundos en nombre de los buscadores.

Los ancestros biológicos son nuestros puentes entre nuestras encarnaciones anteriores y las actuales. Son puentes que pueden ayudarles a utilizar los dones que trajeron a esta encarnación, que ahora yacen olvidados y perdidos, gracias a diversas experiencias humanas que resultan en pérdidas de energía y de alma.

Nuestros ancestros nos conectan con nuestras otras fuentes de energía vital, incluyendo nuestros tótems, espíritus guías de animales y plantas, etc., que han formado parte de nuestras conexiones familiares, de raza, de género y de comunidad durante milenios y que ahora se han perdido por alguna razón u otra. Lo bueno aquí es que es casi imposible perder completamente nuestra conexión con estas fuentes de energía vital, independientemente de las pérdidas de alma o de energía. Podemos perder temporalmente nuestra conexión con ellas. Sin embargo, los ancestros pueden ayudarnos a recuperarlas para nuestro uso y el de nuestras futuras generaciones.

Tenemos ciertos deberes irrevocables como seres vivos hacia nuestros antepasados. La forma más importante y práctica de cumplir con nuestro deber hacia ellos es darles el lugar adecuado en nuestras vidas para que podamos expresar plenamente nuestro propósito inherente y vivir nuestras vidas de forma significativa y poderosa. He aquí algunos consejos para ayudarle a tratar con sus antepasados cuando se conecte con ellos durante sus viajes chamánicos:

Los "verdaderos ancestros", o los elevados y benditos ancestros que vivieron bien y murieron en paz con todos sus asuntos resueltos, deben ser invocados como si su vida dependiera de ellos. Suplique su ayuda y pida inspiración y su influencia positiva en todos los aspectos de su vida y de su viaje chamánico.

Cocine sus comidas favoritas, cree sus tótems y artesanías favoritas y realice las festividades y rituales anuales. Sueñe sobre ellos, o con ellos, y obtenga toda la información posible sobre ellos de los ancianos que aún viven en su familia y comunidad. Conozca su linaje a través de estos antepasados, y hágales saber que usted está ahí para cumplir cualquiera de sus deseos aquí en la tierra de los vivos. Busque su protección frente a los ancestros infelices y no resueltos.

Para los antepasados no resueltos, busque formas de ayudarles a cruzar para encontrar su paz y formar parte del grupo de antepasados elevados y bendecidos. Deje de tenerles miedo y concéntrese en el buen trabajo que han hecho hasta ahora. Ayúdeles a superar los efectos de los asuntos no resueltos.

El trabajo con los antepasados o la reverencia a los mismos requiere muchos enfoques y formas de comunicación con diferentes tipos de ancestros. A medida que practique el trato con sus ancestros, aprenderá a ser más maduro en sus comunicaciones con ellos. La madurez en este ámbito consiste en hacer el tipo correcto de discernimiento y ser lo suficientemente inteligente como para no enfadar a los ancestros que se ponen en peligro fácilmente y reverenciar a los que son sabios y elevados.

Efectos de la conexión con los ancestros

A medida que siga conectando con sus ancestros, se producirán múltiples experiencias y situaciones nuevas y hasta ahora inéditas que encontrará en su vida.

Sueños, sincronicidades y coincidencias - Aunque haya experimentado estos elementos antes, encontrará un aumento significativo en el número y la frecuencia de los sueños, las sincronicidades y las coincidencias a medida que sus conexiones con los ancestros se profundicen. Es probable que la mayoría de estas experiencias sean agradables y gratificantes. Por ejemplo, podría conseguir por fin algo que ha deseado durante mucho tiempo. Podría conseguir ese ascenso que lleva tiempo codiciando. Podría obtener un aumento de ingresos sin más. Podría recibir indicaciones en su sueño para llamar a sus padres vivos, hermanos, etc. Y es probable que ellos hayan pensado en usted.

Estas deliciosas coincidencias son estupendas de experimentar, y le ayudaría estar atento a ellas. Sin embargo, también es importante no dejarse llevar en exceso por ellas. Es muy fácil que los novatos caigan en la trampa de encontrar e identificar coincidencias felices, hasta el punto de que pueden volverse tan paranoicos y obsesionados con estas experiencias que pierden de vista el propósito principal de conectar con los ancestros.

Encontrará un cambio positivo en sus relaciones con sus parientes vivos. El mundo de sus antepasados es como un espejo de su mundo físico. Todo lo que haga en este mundo se reflejará y obtendrá respuestas de ese mundo. A menudo, ancestros muy antiguos, incluso aquellos separados por milenios, se acercarán a usted. Cuando se produce una conexión entre el mundo de los vivos y el de los ancestros, todas las generaciones intermedias y una multitud de asuntos no resueltos se corregirán y se pondrán en su sitio, dando lugar a un proceso de sanación colectiva.

Cuando esto ocurra, notará que los miembros vivos de su familia también realizan cambios aparentemente inexplicables en sus comportamientos y actitudes. Esto, a su vez, tendrá un impacto positivo en sus relaciones con ellos y en las relaciones de ellos entre sí y con usted. Se producirá un cambio de paradigma en la forma en que los miembros de su familia interactúan entre sí cuando se sanen los asuntos no resueltos.

Lo mejor de obtener beneficios de la conexión con los ancestros es que sus familiares no tienen por qué conocer su práctica ritual y de veneración de los ancestros. Y, por último, recuerde que no está solo en esto. Sus antepasados están esperando para conectarse con usted. Solo tiene que dar un paso adelante y ellos darán cinco hacia usted.

Un sencillo ritual para conectar con los ancestros

El ritual que se menciona aquí está diseñado específicamente para los principiantes. Es para aquellos que nunca se han esforzado por conectar con sus ancestros o que no han honrado a sus ancestros durante mucho tiempo. Este ritual tiene como objetivo invitar a sus antepasados a su vida.

Antes de comenzar, haga una lista con los nombres de todos los ancestros biológicos que pueda recordar. Pida ayuda a los ancianos vivos de la familia. Intente remontarse lo máximo posible, incluyendo a sus padres, abuelos, abuelas, etc. fallecidos. También puede incluir los nombres de las personas que le han nutrido y han tenido un impacto significativo en su vida. Necesitará los siguientes elementos

- Una vela blanca de cualquier tipo, incluso una perfumada o una eléctrica será suficiente.

- Una barra de pan fresco sin rebanar.
- Una botella de vino o de agua de manantial.

Ayune durante al menos una hora antes del ritual. Busque un lugar tranquilo y sin interrupciones en su casa. El comedor o la cocina son lugares ideales para este ritual. Puede hacerlo cuando todos se hayan ido a la cama o levantarse un poco antes de lo habitual y hacerlo antes de que la familia se levante. Puede invitar a cualquier amigo o familiar interesado a participar en el ritual.

Cálmese y entre en un estado de ánimo relajado respirando profundamente un par de veces. A continuación, encienda la vela y diga,

> *"Por el amor de mi familia y mis seres queridos, recuerdo y venero a mis ancestros. Recuerdo y venero que respiraron el mismo aire que yo respiro hoy. Recuerdo y venero que comieron el mismo pan que yo como hoy. Recuerdo y venero que bebieron la misma agua (o vino) que yo bebo hoy".*

A continuación, recite todos los nombres de los ancestros de su lista. Después de cada nombre, puede decir una pequeña oración por ellos. Por ejemplo, diga el nombre de los primeros ancestros seguido de: *"Que esté en paz"* o *"La paz sea con él o ella".*

A continuación, sostenga el pan en la mano y busque el alimento sostenido de los espíritus de sus antepasados. Puede decir: *"Que siempre encontremos el alimento necesario para que el cuerpo haga el trabajo que se nos pide".*

A continuación, arranque un trozo de pan de la barra con las manos y colóquelo delante de la vela. No utilice cuchillos ni ningún otro tipo de herramienta de corte. Solo utilice sus manos para esta parte. A continuación, arranque pequeños trozos del pan para usted y para las demás personas que estén presentes en el ritual.

A continuación, sostenga el agua o el vino en la mano y rece por la claridad.

"Rezamos para tener pensamientos claros, ideas claras, palabras claras, un propósito claro y una visión clara para ver el camino destinado a nosotros".

Vierta un poco del vino o del agua en un vaso y colóquelo junto al pan delante de la vela. Sirva un trago para usted y para los demás.

Coma y beba en silencio y contemple la llama incandescente de la vela. Relájese y permanezca en el momento, empapándose del silencio y la soledad. Algunas personas pueden ver formas cuando contemplan la llama durante mucho tiempo. Busque este tipo de señales que indican la presencia de sus ancestros. Se necesita tiempo para que se acerquen completamente a usted. Sin embargo, los esfuerzos repetidos le proporcionarán el éxito. Recuerde que sus ancestros están esperando conectarse con usted tanto como usted está esperando conectarse con ellos. Solo necesitan saber lo profundo que es su deseo de reunirse con ellos, y responderán.

Puede incluir una oración diaria para sus ancestros en su rutina habitual. Puede rezar las siguientes oraciones al comienzo de su día o justo antes de acostarse:

Alabo y rezo a mis ancestros,

A todos los que me precedieron.

A los que quieren enseñarme y guiarme,

A los que lucharon, pero vivieron sus vidas bien y de verdad,

Que derramen sus bendiciones sobre mis seres queridos y sobre mí,

Que siempre estén a mi lado,

Que respondan a mis ruegos cuando necesite su ayuda.

Doy gracias a las personas que me trajeron a este mundo,

Doy gracias a mis padres por haberme dado la vida,

Doy gracias a mis abuelos por el amor que me prodigaron,

Doy gracias a todos los que me precedieron,

Les doy gracias por las lecciones que dejaron,

Por los recursos que dejaron para mí,

Doy gracias a mis ancestros por estar ahí para mí.

En resumen, la veneración de los antepasados, el ritual de los antepasados y la invocación de los espíritus de los ancestros en el chamanismo se basan en la creencia de que estas prácticas nos conectan espiritualmente con los que nos precedieron. Honrar a nuestros ancestros nos ayuda a conectar con nuestras propias historias y nos recuerda que seguiremos siendo parte de todo el entramado humano que se ha formado a lo largo de milenios y que seguirá ampliándose en el futuro. De hecho, las conexiones con los antepasados nos enseñan que no solo formamos parte de la vida humana, sino que estamos interconectados con todas las formas de vida, incluidas las plantas, los animales, los hongos, las bacterias, los insectos, las aves, etc.

SEGUNDA PARTE:
EL VIAJE CHAMÁNICO

Capítulo 6: Limpieza y bendición del espacio

El primer paso, y el más importante, del viaje chamánico es la limpieza y la bendición del espacio ritual. El trabajo del viaje chamánico es una herramienta excelente para ayudar a las personas a sanar los desequilibrios y malentendidos que crean estrés y dificultades en sus vidas. El viaje chamánico es una poderosa herramienta para mejorar el autoconocimiento.

Los peligros de los viajes chamánicos y la importancia de la protección

No se puede subestimar la importancia de la protección antes de realizar cualquier tipo de viaje espiritual. No es un tema que deba tomarse a la ligera porque puede tener graves repercusiones. Si bien los rituales de protección deben realizarse regularmente por higiene espiritual, es imperativo realizar este ritual antes de iniciar un viaje chamánico. Emprender un viaje chamánico no está exento de riesgos.

En primer lugar, no debe intentar un viaje chamánico a menos que haya aprendido el arte del enraizamiento. Sin una excelente capacidad de conexión a tierra, puede resultarle muy difícil restablecer su autoconciencia y despertar del viaje. Además, es posible que pase más de una cantidad saludable de tiempo en otros reinos o fuera de su cuerpo. Esto puede hacer que se sienta desconectado y desorientado de la realidad física. Es vital tener un buen y saludable equilibrio entre los reinos espiritual y físico.

En los viajes chamánicos, los límites reconfortantes y protectores entre el mundo físico y el no ordinario tienden a disolverse. Esto puede afectar negativamente a algunas personas, haciéndolas sentir extremadamente incómodas. Pueden experimentar una pérdida de control y sentir que su existencia se ve amenazada. Si estos sentimientos persisten, a pesar de las repetidas pruebas, es mejor dejar la práctica. Trabaje en las vías de autodescubrimiento y autoconciencia y resuelva todas las cuestiones no resueltas en su vida antes de intentar emprender de nuevo los viajes.

Además, las personas con antecedentes de psicosis y disociación no deben intentar los viajes chamánicos. Lo mejor es pedir la ayuda de un chamán entrenado y experimentado para que viaje en su nombre. Cuando no somos plenamente conscientes de nuestro cuerpo físico y mental, las posibilidades de ser influenciados por espíritus y seres negativos son extremadamente altas. Esto nos hace vulnerables a sus influencias dañinas.

Por lo tanto, es vital protegerse antes de emprender un viaje chamánico. La mejor manera de hacerlo es la purificación. Limpia el espacio sagrado de seres negativos y malignos y le ayuda a permanecer en tierra hasta que regrese sano y salvo.

Protegerse y mantenerse a salvo de encuentros difíciles y desagradables en su viaje es un aspecto imperativo del viaje. Aclarar su mente, agudizar su intelecto y fortalecer su espíritu son escudos protectores clave que puede construir para sí mismo antes de emprender viajes chamánicos. Y el sahumerio es una de las formas más poderosas, efectivas y fáciles de limpiar, depurar y buscar las bendiciones de los guías y espíritus antes de comenzar. Y, por último, aunque mantenerse seguro antes de emprender el viaje es importante, no se puede subestimar la importancia de la práctica persistente dando pequeños pasos de bebé hacia la maestría con respecto al ritual del viaje chamánico.

El sahumerio y sus beneficios

El humo sagrado creado por la quema de plantas sagradas y medicinales es uno de los rituales de protección más comunes en numerosas culturas de todo el mundo. Ampliamente conocida como "sahumerio", esta ceremonia se utiliza para limpiar, purificar y bendecir a las personas, los objetos y los espacios.

El sahumerio es uno de los métodos más antiguos que se ha utilizado durante siglos para limpiar, purificar y deshacerse de la energía maligna para dejar espacio a la energía curativa y edificante. El sahumerio también ayuda a deshacerse de los pensamientos negativos e impuros. Limpia el entorno de energías negativas en un espacio. Cuatro elementos desempeñan un gran papel en el proceso de sahumar:

1. **El recipiente -** Es el soporte o recipiente en el que se quema la planta sagrada para crear el humo sagrado. Tradicionalmente, se utiliza una concha para este fin porque la concha representa el agua, otro importante elemento de limpieza.
2. **Las plantas sagradas -** Numerosas plantas pueden utilizarse para realizar la limpieza. Cuatro de las más comunes y consideradas sagradas por muchas culturas de todo el mundo son la salvia, el cedro, el tabaco y la hierba dulce. Se cree que son regalos de la Madre Tierra.

3. **El fuego** – El fuego que se produce cuando se enciende la planta sagrada es otro elemento importante en el proceso de sahumar.

4. **El humo** – Y, por último, el humo que emana de la planta quemada, que representa el elemento aire, es el cuarto elemento.

El proceso de sahumar consiste en encender los tallos u hojas de la planta colocados en el recipiente de sahumerio. Las llamas se apagan suavemente y el humo que emana se extiende por todo el lugar para que sus poderes protectores sean absorbidos por todo y todos los que necesiten protección. Una vez finalizado el proceso de sahumar, las cenizas se devuelven a la Madre Tierra.

Beneficios del sahumerio

El sahumerio purifica y limpia no solo la energía negativa, sino también las bacterias, los virus y los hongos dañinos, asegurando que su espacio ritual esté limpio física, emocional y espiritualmente. El sahumerio mejora el poder de conexión con el reino espiritual.

Se sabe que el efecto curativo del humo calma y limpia la mente del sanador chamán para resolver y reflexionar sobre los dilemas y ayudar a los buscadores a resolver sus problemas. Los efectos relajantes del proceso de sahumar ayudan al chamán a concentrarse en su inminente viaje.

Además, algunas plantas sagradas, como la salvia, contienen tujona, una sustancia ligeramente psicoactiva que ayuda a llevar al chamán a un estado de conciencia elevado. Además, eleva el estado de ánimo, desterrando así la negatividad.

Además, el modo en que esto ocurre lo explica incluso la ciencia moderna. El sahumar elimina los iones positivos acumulados en el ambiente, un proceso antidepresivo natural. El humo del sahumerio cambia la estructura molecular del aire y del entorno que lo rodea, lo que da como resultado una energía y un entorno más limpios y puros que antes.

La fragancia del humo tiene un aroma edificante y divino que refresca y rejuvenece de forma natural el entorno. La fragancia persistente ayuda a combatir el miedo, la pena, el dolor, las ansiedades, etc. Los chamanes recuerdan esta fragancia siempre que sienten miedo o ansiedad durante su viaje chamánico.

Consejos y trucos para sahumar

Comencemos esta sección enseñándole cómo realizar el sahumerio. Como se ha mencionado anteriormente, se pueden utilizar muchas hierbas para este fin (las diferentes hierbas y sus propiedades se tratan más adelante en este capítulo). Para empezar, puede utilizar salvia.

Materiales necesarios:

- Vara de salvia (puede utilizar un manojo de hierbas o cualquier otra vara para sahumar).
- Cerillas o velas para encender la salvia.
- Un cuenco para sahumerio a prueba de fuego. Los tradicionalistas utilizan una concha de abulón para este fin. Sin embargo, está bien utilizar cualquier cuenco siempre que sea resistente al fuego. Preferiblemente, utilice un cuenco nuevo y sin usar y guárdelo solo para los rituales. No lleve el cuenco a la cocina para otros usos rutinarios.
- Un bote de arena para enterrar las cenizas después de completar el proceso de sahumar.

Una vez que los materiales estén listos, siga los siguientes pasos para el ritual de sahumar:

Paso 1 – Primero, establezca una intención. ¿Cuál es el resultado que desea obtener del ritual de sahumerio? El sahumerio puede consistir en pedir protección para el hogar o el espacio ritual. Como estamos hablando de sahumar antes de emprender un viaje chamánico, utilizaremos una intención ilustrativa para este propósito.

Puede decir,

"Protege este espacio de las fuerzas y energías malignas y negativas. Mantenme a salvo de los seres dañinos que pueda encontrar durante mi viaje. Dotadme de poderes de discernimiento para que pueda distinguir a los que tienen intenciones dañinas de los que tienen buenas intenciones. Tráeme de vuelta a salvo de mis viajes. Y guíame para encontrar las respuestas que busco".

Algunas personas se refieren a esto como una oración para sahumar.

Tómese un momento para meditar en esta oración. Repítala un par de veces.

Paso 2 - Abra todas las puertas y ventanas. Si está realizando el ritual de viaje en un espacio cerrado, entonces durante el proceso de sahumar, abra las puertas y ventanas para que las fuerzas negativas puedan ser dirigidas fuera de su espacio por el humo purificador y de bendición. Si está haciendo el ritual en un espacio abierto, entonces dibuje un círculo ritual y dirija las energías negativas fuera del círculo.

Paso 3 - Encienda la vara de salvia o el manojo de hierbas. Asegúrese de sostener la vara sobre el cuenco para que la ceniza que se forme al encenderla caiga en el cuenco. Utilice las cerillas o la vela para encender el extremo de la vara de la salvia. Cuando las llamas se enciendan, sople suavemente sobre ellas hasta que se apaguen. Al hacer esto, la vara de sahumar soltará humo sanador.

Paso 4 - Con la vara de sahumar en la mano (sostenido sobre el cuenco), recorra el espacio ritual, repitiendo su intención para asegurarse de que todas las cosas, cada rincón y todas las personas presentes queden envueltas en el humo curativo y protector. Tenga cuidado de no lanzar bolas de humo hacia nadie ni nada, no sea que ocurra algo desastroso. Incluso una pequeña cantidad de humo tiene un gran efecto limpiador y purificador. Si, por alguna razón, el humo se apaga, vuelva a encender la vara y continúe el proceso de sahumerio hasta que todo el espacio esté limpio, purificado y bendecido.

Paso 5 - Sahumar en las siete direcciones: Sahumar en las siguientes siete direcciones asegura que su jaula protectora le mantenga a salvo desde todos los lados. A continuación, le explicamos cómo hacerlo:

- **Mire hacia el Este** - Sostenga la vara de sahumar humeante hacia el este y diga la siguiente oración: "La energía del principio, el poder del sol naciente, la luz de la iluminación temprana, las energías del este, protégenos de todo mal".

- **Mire hacia el sur** - Gire hacia el sur, extienda la vara hacia el sur y repita esta oración: "La energía del servicio ancestral, el poder de la acción y la curación, el calor del mediodía, los poderes del sur, protejan este ritual y a todas las personas que participan en él".
- **Mire hacia el oeste** - A continuación, gire hacia el oeste y repita esta oración: "El poder de la entrega de regalos, la energía de la renovación y el renacimiento, las energías del oeste, danos protección".
- **De cara al norte** - A continuación, gire hacia el norte y repita esta oración: "Los poderes de la sabiduría y la experiencia, las energías de mis antepasados, los espíritus del norte, nos conceden sabiduría y protección".
- **Mire hacia el cielo** - Sostenga el manojo de hierbas por encima de usted, apuntando hacia el cielo, y diga: "Los espíritus del cielo, del espacio y de lo Alto, la gente de las estrellas, la gente de las nubes y el Padre Cielo, las energías de todo lo masculino, la energía que equilibra y fortalece lo masculino, concédanos fuerza y protección".
- **Mire hacia el suelo** - Arrodíllese, toque el suelo y diga: "Los poderes de la Madre Tierra, las energías de todas las cosas femeninas, la energía que equilibra lo masculino, los espíritus de todas las cosas de abajo, concédanos su protección".
- **Cierre los ojos y mire en su interior** - Ponga la mano sobre el corazón y diga: "Los poderes del interior, la fuerza que reside en mi interior, la energía que me conecta con lo divino y con el mundo que me rodea, concédanos sabiduría, fuerza y protección".

Paso 6 - Ponga la vara de sahumar en el cuenco y guárdelo en un lugar seguro, ya que el humo continuará durante un tiempo. Mantener el humo del sahumerio hasta el regreso del viaje chamánico puede ser útil. Los chamanes experimentados que pasan largas horas (a veces incluso días) en sus viajes se aseguran de que una o dos personas del grupo asuman la responsabilidad de mantener el sahumerio.

Una advertencia es que se asegure de que la vara no se deja desatendido sin tener el debido cuidado. Asegúrese de que el cuenco es lo suficientemente grande como para sostener el manojo de hierbas para sahumar completamente en su interior, garantizando que no se produzca ningún daño evitable por el humo. Cuando termine el ritual, transfiera las cenizas residuales al recipiente de arena. También puede enterrar las cenizas bajo la tierra.

Hierbas para el sahumerio

Como ya se ha mencionado, existen múltiples hierbas para el propósito de sahumar. Las más utilizadas y tradicionales son la salvia, el cedro y el sándalo. Veamos algunas hierbas que se utilizan para el sahumerio y sus propiedades.

- **Salvia**

El uso más importante de la salvia es la sanación. El sahumerio con salvia bendice, limpia y cura a la persona y a los objetos a los que se dirige. Esta hierba se utiliza para limpiar y disolver los límites entre los mundos. Ayuda a "lavar" los efectos del mundo físico de los chamanes que pretenden emprender viajes chamánicos.

La salvia ayuda a deshacerse de las energías no deseadas de las personas, los objetos y el entorno. La salvia proviene de una variedad de géneros. Las verdaderas salvias proceden del género

Salvia y son eficaces y ofrecen fuertes poderes curativos y protectores. Dos de las variedades de salvia más excelentes utilizadas para los rituales son la salvia apiana (o salvia blanca) y la salvia officinalis (o salvia de jardín). La salvia blanca también se llama salvia sagrada o salvia blanca de California.

- **Cedro**

El cedro es una excelente hierba sanadora. Los espíritus de los cedros son como los propios árboles: viejos, sabios y poderosos. Estos árboles y sus espíritus han visto y experimentado muchas cosas a lo largo de su vida, y gracias a esta experiencia, tienen el poder no solo de sanar, sino también de discernir entre lo bueno y lo malo. El cedro es la hierba preferida para deshacerse de las influencias no deseadas.

Al igual que la salvia, existen múltiples variedades de cedro. Los que funcionan bien en los rituales de protección y sanación son thuja, cedro, enebro y libocedro. Aunque técnicamente, los enebros no son cedros, son utilizados por muchos practicantes para la realización de sahumerios.

- **Hierba dulce**

Esta hierba recibe otros nombres, como hierba de vainilla, hierba de búfalo y hierba de Séneca. Con su olor distintivo y dulce, parecido al de la vainilla, la hierba dulce contiene el aliento de la

Madre Tierra, entregándonos su amor ilimitado. El sahumerio de hierba dulce nos recuerda el poder y la esencia de todo lo femenino y también el hecho irrefutable de que la Madre Tierra satisface bien todas nuestras necesidades.

Además de utilizar la hierba dulce seca en su manojo de hierbas para sahumar, también puede cortar hierba dulce fresca sobre un lecho de carbón vegetal caliente para obtener los efectos deseados. Puede pasar el objeto que necesita ser bendecido, limpiado y protegido sobre el humo que emana del carbón vegetal alimentado con hierba dulce. También puede utilizar una pluma para sahumar para esparcir el humo por todo el entorno.

- **Lavanda**

La lavanda se utiliza a menudo para invocar e invitar a los espíritus a asistir a los rituales y también para protegerse de las fuerzas negativas y malignas. En el antiguo Egipto, esta hierba era esencial para el proceso de momificación. Los cristianos también creen que las ropas del Niño Jesús se extendieron sobre un arbusto de lavanda de donde las prendas obtuvieron su fragancia.

- **Incienso**

Esta hierba se utilizaba para embalsamar los cuerpos de los faraones egipcios. Se cree que la resina de este árbol protege y limpia el alma. Se cree que el humo del incienso aumenta los poderes de clarividencia.

- **Mirra**

La mirra y el incienso se consideraban antiguamente más valiosos que el oro. Se cree que el humo de la mirra ayuda a mantener el estado de iluminación. La mirra también se utiliza para conectar con el espíritu de la juventud. Se sabe que limpia los escombros del camino que conduce a su verdad.

- **Copal**

El copal es una savia de árbol originaria de México y se considera la sangre de los árboles. Cuando se quema, desprende un aroma cítrico, agudo, limpio y crujiente. Para muchas tribus mexicanas, el copal se considera un "regalo agradable" para sus dioses.

La pluma para sahumar se utiliza para pasar el humo del sahumerio sobre el objeto, la persona o el espacio circundante. Recuerde que debe utilizar la parte inferior de la pluma para hacerlo porque es el lado que mira a la Madre Tierra cuando el pájaro está volando.

Aunque se han utilizado muchos nombres científicos en esta sección (y es realmente bueno conocerlos), debe recordar que, desde una perspectiva ritual chamánica, estos nombres no importan al practicante tradicional. Todos los chamanes experimentados conocen y perciben el poder y las energías que encierran las hierbas curativas y protectoras. He aquí algunas hierbas más que se utilizan con fines de limpieza y despeje:

El álamo temblón se utiliza para la protección. Los aceites esenciales de sus hojas ayudan a reducir la ansiedad. Dado que el álamo temblón se quema rápidamente, muchos practicantes prefieren añadir el aceite a la salvia o a cualquier otro aerosol para la limpieza.

El romero es calmante, relajante y promueve una profunda sensación de paz. Elimina la energía negativa del entorno y a menudo se incluye en los frascos de sahumerio de salvia.

Las acciones purificadoras y limpiadoras de la **hierba de limón** también tienen efectos energizantes. Es excelente para mejorar la concentración y la claridad. **La canela** aumenta la energía, sana y trae prosperidad y buena fortuna. **La picea azul** es una hierba poco común y, sin embargo, al igual que el cedro, se utiliza habitualmente para hacer sahumerios. Aporta gracia, nobleza y serenidad a las personas que se impregnan de su humo.

El eucalipto es excelente para aumentar la energía y la limpieza. **El clavo** se utiliza a menudo para aumentar los poderes psíquicos y producir vibraciones espirituales. **El diente de león**, asociado con el elemento aire, es utilizado por los practicantes para llamar a los espíritus y para la adivinación.

Puede combinar cualquiera de las hierbas mencionadas anteriormente para personalizar su manojo de hierbas para sahumar según sus necesidades específicas.

Cómo crear su propio manojo de hierbas para sahumar

Los materiales necesarios para hacer su propio manojo para sahumar son

- De 10 a 15 ramitas de varias hierbas, según su elección y necesidad. La salvia se incluye en la mayoría de los manojos de hierbas para sahumar. Limite el número a menos de 5. A veces, sobrecargar un manojo para sahumar con demasiadas variedades puede significar acabar con un manojo lleno de hierbas cuyos efectos se contrarrestan entre sí.
- Cordel.
- Tijeras.

Comience el proceso recortando las flores, los tallos, las raíces y las hierbas a un tamaño más o menos uniforme. Cree un buen manojo que sea fácil de sujetar. Coja un trozo de cordel y ate el manojo, empezando por un extremo. Envuelva el cordel a lo largo del manojo hasta llegar al otro extremo.

Asegúrese de que envuelve el manojo con la suficiente fuerza para que mantenga su forma incluso después de que el manojo se seque. Asegure los extremos del cordel con un nudo apretado. Si ve algún tallo u hoja que sobresalga del manojo, córtelo. El resto es fácil. Simplemente deje este manojo bajo el sol (en un lugar seguro y sin molestar) durante unas dos semanas hasta que esté completamente seco.

Para reiterar, debe protegerse a sí mismo, al espacio ritual y a otros participantes de los peligros potenciales de los viajes chamánicos. Practique con constancia y siga desarrollando sus habilidades.

Capítulo 7: Entrar en el estado de conciencia chamánico

Comencemos este capítulo enseñándole los estados de conciencia de la mente humana. Desde el punto de vista psicológico, la conciencia describe su conocimiento de sus experiencias mentales y físicas. No todas las formas de conciencia son iguales, ya que existen múltiples niveles y diferentes estados de conciencia. Además, numerosos factores influyen en estos estados de conciencia de diferentes maneras.

Curiosamente, la conciencia humana se compara con un arroyo que cambia constante y dinámicamente, pero que fluye suavemente. Su mente pasa de un pensamiento a otro sin esfuerzo, aunque los pensamientos consecutivos sean drásticamente diferentes entre sí. Por ejemplo, puede estar pensando en su perro en un momento, y en el siguiente instante, puede estar pensando en un libro que leyó hace muchos años. Este cambio entre pensamientos se produce sin esfuerzo y de forma automática.

La conciencia humana está profundamente interconectada con los niveles de conciencia. Por ejemplo, si se siente somnoliento o adormecido, su nivel de conciencia será bajo. Por el contrario, si toma un estimulante es probable que su nivel de conciencia aumente. Cuando su conciencia está en un nivel bajo, aunque parezca que no es consciente de todo lo que ocurre en su entorno, su cerebro aún puede absorber y procesar todas las señales que recibe.

Por ejemplo, ¿ha cogido automáticamente una manta cada vez que ha sentido frío, incluso cuando está profundamente dormido? Eso ocurre porque su cerebro sigue procesando y respondiendo a la información y las señales que recibe. Así que, aunque su mente consciente no se dé cuenta de que siente frío, el cerebro recibe una señal y lleva a su subconsciente o a su mente a echar mano de una manta.

Cuando tiene un sentido de conciencia elevado, controla más sus pensamientos que cuando su nivel de conciencia es bajo. En este escenario, su capacidad para prestar atención a los detalles y analizar todo lo que ocurre a su alrededor es muy elevada. Este nivel de conciencia elevada solo se produce durante ciertos estados de conciencia. Hay múltiples factores que afectan a la conciencia.

- **El sueño**

  Incluso cuando dormimos, nuestro cerebro está activo y sigue recibiendo y respondiendo a señales. El estudio del sueño ha fascinado a los científicos desde hace mucho tiempo, y la disponibilidad de tecnologías avanzadas ha allanado el camino para el estudio del sueño de formas sin precedentes. La duración y la calidad del sueño reducidas y comprometidas afectan a los niveles de conciencia de forma significativa, lo que, a su vez, afecta a los estados de conciencia.

- **El reloj corporal**

Nuestro reloj corporal se llama ritmo circadiano y es diferente para cada persona. Algunas personas tienen mucha energía por la mañana y su nivel de energía disminuye lentamente. Sus niveles de energía son muy bajos por la tarde.

Para otras, los niveles de energía fluctúan en la dirección opuesta. Están somnolientos y adormilados por la mañana y se sienten animados y activos cuando se acerca la tarde y la noche. El ritmo circadiano desempeña un papel muy importante en la conciencia humana porque estos ritmos determinan nuestro nivel de conciencia o de alerta. Por ello, los chamanes utilizan el ayuno intenso y la privación del sueño para lograr estados alterados de conciencia.

- **Hipnosis**

Una persona bajo hipnosis parece estar dormida cuando, en realidad, la persona está procesando los pensamientos a través de un nivel de conciencia concentrado y profundo. La hipnosis afecta a los estados de conciencia de diversas maneras, y los chamanes utilizan esta opción para alcanzar un estado de conciencia chamánico.

- **Sueños**

Se trata de sueños lúcidos o sueños que puede recordar vívidamente cuando se despierta y que ocurren durante el sueño REM (movimiento ocular rápido). Durante el sueño REM, el nivel de actividad cerebral es el mismo que cuando está despierto. Sin embargo, su nivel de conciencia es bajo. Ahora se sabe que nuestra capacidad de soñar está relacionada con nuestra conciencia.

- **Drogas**

Los estimulantes, los depresores y los alucinógenos impactan en los estados de conciencia de diferentes maneras y con distintas intensidades. Los estimulantes aumentan los niveles de conciencia, lo que a menudo provoca sensaciones de euforia. Los depresores reducen la conciencia y se utilizan para reducir el estrés y aumentar la relajación y la calma. Los alucinógenos provocan una sensación de realidad alterada y pueden conducir a sentimientos de paranoia.

Trance chamánico

Entonces, ¿qué es el estado de conciencia chamánico o el trance chamánico? Intentemos explicarlo. Utilizamos múltiples métodos para comprendernos a nosotros mismos y al mundo que nos rodea, entre ellos ahondar en nosotros mismos y expandirnos ampliamente en el espacio. También proyectamos partes de nosotros mismos, ya sea hacia fuera o hacia dentro, con este fin. Cuanto más profundizamos en nuestro interior, más nos comprendemos a nosotros mismos y al mundo que nos rodea. En el nivel del alma, el yo se encuentra, quizás, en la forma más auténtica.

Cuando nos proyectamos hacia el exterior, buscamos comprender nuestras relaciones con los demás. Estas partes de nosotros también aparecen en los sueños como imágenes. En todas estas formas de profundización y expansión de la conciencia del yo, se utilizan imágenes y visuales para comprender nuestras experiencias. El yo a nivel del alma busca revelar e integrar todas nuestras experiencias internas y externas en algo sano y cohesivo.

Todas estas experiencias ya están ocurriendo para la mayoría de nosotros. Sin embargo, muy pocos de nosotros somos conscientes de estas experiencias de nivel profundo. Ocurren de forma subconsciente. Nuestros sueños no son más que fragmentos de ellas, a muchos de los cuales no podemos darles sentido. Vivimos nuestras vidas sin orientación, a pesar de que tenemos ayuda a nuestro alcance.

Cuando nos volvemos intensamente conscientes y atentos a todas nuestras experiencias en todos los niveles de conciencia, podemos empezar a percibir patrones claros e inconfundibles que pueden conducirnos potencialmente a lo que se conoce como nuestra "verdad". El esfuerzo deliberado que se realiza para ver estos patrones aumentando nuestro sentido y nivel de conciencia se llama viaje chamánico, y el estado de conciencia se llama estado de conciencia chamánico o trance chamánico. El viaje chamánico se emprende cuando la conciencia está en un estado alterado. El trance chamánico se logra a través de varios métodos, que se discuten más adelante en este capítulo.

Múltiples estudios han revelado que el trance chamánico es real, y las experiencias durante este tiempo pueden ayudar a abrir capas ocultas en nuestra comprensión que, a su vez, nos ayudan a ver las cosas bajo una nueva luz. Un artículo de investigación titulado "Correlatos neuronales del estado de conciencia chamánico", publicado en marzo de 2021, analizaba los resultados de un estudio neuronal realizado en 24 practicantes chamánicos y 24 controles no chamánicos.

Se evaluaron varios factores neuronales relacionados con el cerebro que se vieron afectados en estos voluntarios durante el descanso mientras escuchaban música clásica y tambores chamánicos. Se observó que las reacciones en los cerebros de los chamanes eran significativamente diferentes a las de los individuos no chamanes bajo la influencia de los psicodélicos. Los chamanes mostraron un aumento de la potencia gamma que coincide con alteraciones visuales elementales. Este y otros hallazgos de este estudio demostraron que los trances chamánicos son estados de conciencia distintos.

Se hicieron observaciones similares en un artículo de investigación titulado "Cambios cerebrales durante un trance chamánico: Modos alterados de conciencia, lateralidad hemisférica y psicobiología sistémica", publicado en diciembre de 2016 en Cogent Psychology. Por lo tanto, el trance chamánico se produce, y el estado de conciencia significativamente elevado que se alcanza puede ayudar al chamán a conectarse y comunicarse con seres más allá del mundo humano.

Cuando un chamán está en trance, tiende un puente entre el mundo de la vigilia y el del sueño. Pueden moverse entre los niveles de este espacio, incluidos los muchos niveles de la mente humana, para obtener una mejor comprensión de sí mismos y de todo lo que les rodea. Si alguna vez se ha sorprendido soñando despierto, ha tocado el primer estado de un trance chamánico.

Niveles de trance chamánico

Se pueden alcanzar cinco niveles de trance chamánico: un trance muy ligero, un trance ligero, un trance medio, un trance profundo y un trance muy profundo. Veamos un poco en detalle cada uno de estos niveles.

1. **Trance muy ligero**

   Este es el primer nivel de trance y consiste en aumentar la conciencia de su funcionamiento interno. En este nivel, usted es cada vez más consciente de sus pensamientos, de las sensaciones físicas que puede sentir y de sus emociones - las personas que practican diligentemente la atención plena experimentan este nivel de trance muy ligero con frecuencia.

2. **Trance ligero**

   Cuando sueña despierto, se encuentra en un trance ligero. Ya no se da cuenta de lo que le rodea; no nota los latidos de su corazón ni su respiración; ha abandonado el espacio físico por un momento. Esto puede ocurrir cuando está inmerso en una actividad: leyendo un libro o conduciendo su coche. Se siente como si su cuerpo estuviera en piloto automático mientras su mente está en otra parte.

3. **Trance medio**

   Una persona en el nivel de trance medio se siente como si estuviera "en la zona". Estar "en la zona" también se conoce como el "estado de flujo". No solo se pierde la concentración en el propio cuerpo, la respiración y la conciencia espacial, sino que también se puede perder el sentido del tiempo.

4. **Trance profundo**

   Aunque la mayoría de las veces entramos en este estado a través del sueño profundo, también puede alcanzarse estando despierto. Se trata de un equilibrio entre el estado en el que nos encontramos cuando estamos dormidos y nuestra conciencia justo antes.

   Lo habrá experimentado muchas veces a lo largo de su vida. Por ejemplo, si se ha acostado para dormir una siesta y ha experimentado un estado de ensueño, de trance, en el que los sonidos, las imágenes, los colores y a veces incluso los sueños juegan en su mente, este es el estado de hipnagogia en el que está siendo conducido (la palabra griega es "agogos") al estado de sueño (la palabra griega es "hypnos").

Puede utilizar este estado para ayudar a la creatividad. Su conciencia está desligada de su cuerpo y se le permite fluir sin que su mente piense en otras cosas. Busque sus mejores y más creativas ideas cuando esté en este estado.

5. **Trance muy profundo**

¿Ha dormido y no ha soñado? Este es el nivel más profundo del trance, un lugar en el que puede profundizar en lo espiritual y lo psicológico, un lugar en el que puede explorarse plenamente a sí mismo.

Entonces, ¿cómo ayuda entrar en trance en el trabajo espiritual? La respuesta a esta pregunta es fácilmente comprensible y bastante intrigante. Cuando está despierto y funcionando, su mente está centrada en su cuerpo y en lo que ocurre a su alrededor, no hay límite para los estímulos con los que su cuerpo está lidiando. Cuando entra en trance, puede dejar de lado lo físico y permitir que su mente piense y sea.

Los trances ahondan en el subconsciente, y necesitamos eliminar la mente consciente y sobrepensante para llegar a él. Es en el inconsciente donde viven nuestros asuntos y problemas más arraigados. La mente consciente o racional es la sede de nuestro ego, cuya tendencia natural es mantenernos a salvo de los peligros percibidos y potenciales, los dolores, etc.

Sin embargo, cuando el ego se pone excesivamente a la defensiva y se obstina en su papel, interfiere con nuestros deseos espirituales más profundos. El ego excesivo nos impide deshacernos de hábitos y comportamientos viejos, limitantes y tóxicos. Nos impide liberar y soltar el dolor acumulado y reprimido. Se interpone en nuestro deseo de adoptar hábitos nuevos y saludables.

El ego está siempre en guardia, impidiendo que despertemos a los gigantes dormidos enterrados en lo más profundo de nuestra mente. Nuestro ego ve a estos gigantes dormidos como monstruos y enemigos que causan dolor, por lo que crea mecanismos de defensa para alejarlos y mantenernos "a salvo". Por ejemplo, los mecanismos de defensa como la negación, la división del alma, las represiones del trauma y las proyecciones son todos mecanismos de defensa creados por nuestra mente crítica.

Por desgracia, estos mecanismos de defensa, que el ego considera "seguros", solo ofrecen un confort superficial y, en realidad, son peligrosos porque nos impiden conectar con nuestra alma. En consecuencia, acabamos, sin saberlo, con personalidades comprometidas de tal manera que nuestra capacidad para funcionar normalmente se ve afectada de forma significativa.

Aunque supuestamente trabaja por nuestro bienestar, el ego no comprende que reprimir los problemas y ocultarlos no los hace desaparecer. Simplemente permanecen ocultos a la vista, pero siguen cociéndose a fuego lento y creciendo en fuerza debajo de la máscara. Estos miedos y asuntos reprimidos crecen hasta convertirse en plantas y árboles monstruosos dentro de nuestra fértil mente subconsciente hasta que pueden estallar y crear el caos en nuestro mundo. A veces, no estallan, sino que continúan fastidiándonos hasta que encontramos la fuerza para romper las barreras del ego y enfrentarnos a ellos.

Entrar en un estado de trance mata al ego permitiéndonos saltar sus barreras creadas y conectar directamente con la mente inconsciente y todos los monstruos ocultos y reprimidos, facilitando así la sanación.

Espiritualmente, los estados de trance permiten a los chamanes cruzar la barrera de sus mentes subconscientes y profundizar en otros reinos. Pueden conectar con los animales guía espirituales, entrar en comunión con los ancestros e incluso tocar su propia alma, el elemento que está conectado con lo divino último. Los estados de trance nos proporcionan una vía de acceso a lo que está más allá de nuestra realidad.

Independientemente de las teorías y creencias, no cabe duda de que los estados de trance ayudan a los chamanes (y a nosotros, si lo deseamos) a acceder a nuestra mente subconsciente y de ahí a la red más grande del espacio del Inconsciente Colectivo donde viven los seres de otro mundo.

Alcanzar el estado de conciencia chamánico

La conciencia humana puede alterarse de numerosas maneras, incluyendo el trabajo de la respiración, las meditaciones, la autohipnosis, las visualizaciones, las drogas y más. Una serie de prácticas mente-cuerpo pueden ayudar a alcanzar un estado de conciencia alterado o chamánico.

Trance chamánico a través del trabajo de respiración

El trabajo de la respiración consiste en alterar el ritmo y la cadencia de la respiración. Es uno de los métodos más utilizados para lograr el trance chamánico. El pranayama, una de las prácticas de trabajo de respiración más antiguas y más atesoradas, es una gran manera de empezar a utilizar este método. El pranayama calma su cuerpo, lo que, a su vez, calma su mente. Cuando estamos en un estado de calma, los problemas cotidianos no nos nublan el juicio ni nos quitan la atención.

El trabajo de respiración holotrópica fue desarrollado por Christina y Stanislav Grof. La respiración en este método es rápida y rítmica y también es beneficiosa para alcanzar un estado de trance.

La palabra holotrópico viene de dos palabras griegas, *"holos"* que significa entero, y *"trepein"*, que significa "girar o cambiar". Por lo tanto, holotrópico se traduce como "avanzar hacia la totalidad". Esta técnica de respiración provoca la sanación desde su interior a medida que la práctica.

El principio básico que subyace a la creación de esta respiración es que todo ser humano está dotado de un radar interior que nos ayuda a determinar la experiencia más importante que estamos viviendo en un momento dado. Sin embargo, no podemos conocer la experiencia de antemano y acabamos dándonos cuenta de ella solo después de que ocurra. Los practicantes tratan de averiguar estas experiencias mientras practican el trabajo de respiración holotrópica.

Este trabajo de respiración se realiza bajo la estricta supervisión de un mentor o facilitador formado y cualificado y se practica en un entorno de grupo, aunque los individuos pueden hacerlo por su cuenta después de aprender y dominar la técnica. En un entorno de grupo, los participantes se emparejan para que uno sea el “respirador” y el otro el “cuidador”.

El cuidador solo ayuda a apoyar al respirador, que es el participante activo en el trabajo de respiración. El cuidador se asegura de que el respirador permanezca seguro durante toda la sesión, ya que se tumba en una esterilla y tiene que respirar con los ojos cerrados. El facilitador guía la sesión dando instrucciones sobre cuándo y cómo alterar el ritmo y la velocidad de la respiración.

A medida que el ritmo de la respiración aumenta, se cuida de que la respiración sea uniforme y no surjan complicaciones. La sesión suele durar entre 2 y 3 horas, durante las cuales se escucha una música repetitiva que promueve el deseo del respirador de alcanzar un estado de conciencia chamánico. La música se alinea con la velocidad de la respiración. Comienza con el sonido de los tambores, alcanza un crescendo y empieza a disminuir lentamente hasta que suena una música meditativa suave y baja.

Una vez terminada la sesión, los participantes comentan sus experiencias y, a continuación, el cuidador y el respirador intercambian sus papeles. Todo el proceso se repite para el antiguo cuidador y el actual respirador.

El trabajo de respiración holotrópica puede resultar inquietante y abrumadora para las personas, al menos en los primeros días de práctica. Es mejor aprenderlo a través de talleres guiados dirigidos por facilitadores formados y cualificados antes de intentarlo por su cuenta. Sin embargo, siempre que no se tenga miedo a hiperventilar o a cualquier otro problema pulmonar grave, no pasa nada por forzarse, ya que puede conducir a un trance chamánico. Tampoco se aconseja a las personas con problemas psicológicos graves. Es vital que aprenda de un facilitador entrenado, asegurándose de que no tiene problemas antes de intentarlo por su cuenta.

La forma más sencilla de trabajo respiratorio consiste en inspirar y espirar lenta y profundamente. Utilice técnicas de respiración consciente para centrarse en su respiración y así mejorar la experiencia de un trabajo respiratorio sencillo pero eficaz. Con una práctica persistente, su estado de trance puede pasar de ser muy ligero a alcanzar niveles más profundos.

Trance chamánico a través de la oración y el mantra

Los mantras son oraciones, frases o sonidos que se repiten una y otra vez para alcanzar el estado alterado de conciencia. Muchos monjes y sacerdotes pertenecientes a diversas religiones de todo el mundo utilizan la oración y el canto de mantras para lograr el trance chamánico.

Trance chamánico por medio de la mirada

Este método es sencillo pero eficaz. Encuentre una posición cómoda para sentarse, preferiblemente en un lugar tranquilo. Encuentre un punto o un objeto a la altura de los ojos y mírelo fijamente. Enfóquese solo en ese punto e intente concentrarse en él mientras es consciente de todo lo que le rodea. Puede practicar esto durante un par de minutos cada día. Con la práctica repetida, pronto será capaz de tocar varios niveles de estados de trance.

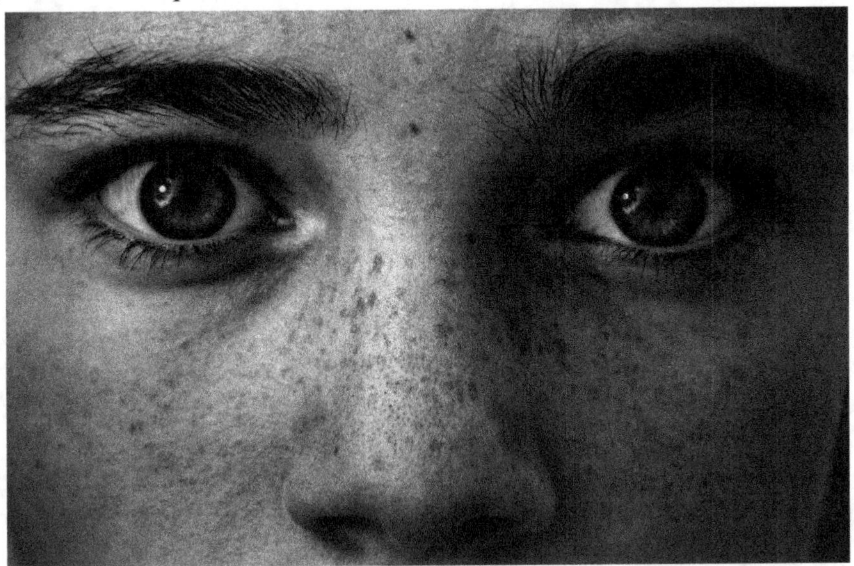

Trance chamánico a través de ritmos y latidos primarios

Los chamanes suelen utilizar el tambor, los ritmos primarios y los compases repetitivos para alcanzar un estado alterado de conciencia. Puede fabricar su propio tambor o sonajero, o comprar uno y seguir tocando el tambor mientras se sienta y escucha los sonidos repetitivos. También puede descargarse grabaciones de tambores y reproducirlas de fondo mientras se sienta y medita o mira fijamente un punto u objeto.

Aunque la música está bien cuando se trata de entrar en trance, evite la palabra hablada siempre que pueda. Nuestras mentes están en sintonía con el lenguaje y puede perder la concentración cuando hay una conversación a su alrededor.

Trance chamánico mediante catarsis física y emocional

Como en cualquier actividad, si está cansado, no estará en el mejor estado para alcanzar el trance. También existe el peligro de que se quede dormido en lugar de encontrar el estado de trance. Las tribus indígenas utilizan la danza vigorosa para agotarse físicamente de modo que la mente consciente y racional entre en modo de descanso, dejando el camino libre para conectar con la mente inconsciente.

La catarsis emocional se produce a través de largos períodos de aislamiento. Cuando se le deja con sus propios pensamientos durante días y días, puede alcanzar un estado de conciencia similar al del trance. Esta es la razón por la que la gente sale de viaje en solitario para sentirse renovada y rejuvenecida. En la antigüedad, los novatos debían pasar meses aislados en la naturaleza antes de iniciarse en la tradición chamánica. La catarsis emocional y física era un elemento clave para alcanzar los estados de trance.

Trance chamánico a través de la autohipnosis

La autohipnosis es una herramienta poderosa con el potencial de una transformación psicoespiritual impactante. Existe una idea errónea sobre la hipnosis de que es algo que se utiliza de forma incorrecta para "controlar" la mente de los demás (quizás arraigada en las representaciones escénicas o en el miedo a ser "controlado" por otros). La auténtica hipnosis es muy segura. Además, usted siempre tiene el control de sí mismo porque nadie puede realmente controlar su mente a menos que usted le dé su permiso en algún nivel. Puede seguir estos sencillos pasos para la autohipnosis:

- Acuéstese en una habitación oscura y tranquila.
- Concéntrese en su respiración.
- Repita *sueño profundo, sueño, sueño profundo...*

A los pocos momentos de repetir esto, sentirá que una sensación de calidez y calma envuelve su cuerpo y su mente. Su cuerpo y su mente se relajan por completo. Cuanto más lo intente, mejor será su capacidad para alcanzar estados de trance.

Trance chamánico a través de la visualización

La visualización es un método fácil que la mayoría de la gente utiliza para alcanzar estados de trance. Si su imaginación es buena, este método puede funcionarle muy bien. Puede utilizar un audio pregrabado para la visualización o descargar uno de Internet para utilizarlo. He aquí algunos pasos sencillos para ayudarle con la visualización:

- Siéntese en un lugar tranquilo y sin molestias
- Sienta que su cuerpo se vuelve ligero y aireado
- Visualice que su cuerpo se levanta del suelo
- Imagínese volando como un pájaro

Utilice la visualización más potente que le convenga para alcanzar distintos grados de estados de trance. Además, puede utilizar aceites esenciales e incienso para complementar el método principal utilizado. Por ejemplo, si está realizando un trabajo de respiración o practicando la meditación de atención plena, puede quemar incienso o aplicarse aceite esencial en el cuerpo para potenciar sus esfuerzos por alcanzar una conciencia elevada.

Cómo utilizar los estados de trance

Una vez que esté en estado de trance, independientemente del nivel que alcance, puede intentar muchas cosas. He aquí algunas ideas para usted.

- Repita afirmaciones fortalecedoras y amorosas: es una forma poderosa de cambiar las creencias negativas y limitantes.
- Solicite a sus aliados animales y guías espirituales que se comuniquen.
- Comuníquese con los seres divinos y los espíritus.
- Conecte con su niño interior con fines curativos.
- Reviva un recuerdo o un sueño olvidado.
- Acceda a estados alterados de conciencia.

Y como ya sabe, los chamanes emprenden viajes chamánicos durante los estados de trance.

Y, por último, otra poderosa forma de que los chamanes entren en trances chamánicos se trata en detalle en el capítulo 15, titula“o "Plantas mágicas para mejorar la vis”ón". Consulte ese capítulo para obtener más información sobre cómo las plantas pueden potenciar este paso.

Capítulo 8:
Viaje por el Mundo Inferior

Los mundos espirituales que los chamanes visitan durante sus estados de trance pertenecen a tres categorías diferentes, a saber

- El Mundo Inferior
- El Mundo Medio
- El Mundo Superior

Algunas tradiciones del chamanismo dividen aún más estos tres mundos en submundos. Pero los mundos primarios son los mencionados anteriormente, y son el territorio de los viajes chamánicos en todo el mundo. No son lugares físicos, sino potentes dominios energéticos. Mientras está en su estado de trance, un chamán viaja a uno de estos mundos, casi siempre acompañado por un poder, un espíritu guía o un ayudante.

Como ya sabe, hay varias formas en que los chamanes logran un trance chamánico. Además, los chamanes suelen utilizar el eje del mundo o el árbol del mundo para realizar estos viajes. El eje del mundo conecta los tres mundos. Los chamanes viajan a lo largo del tronco del árbol hacia los mundos medio, superior e inferior.

Cada mundo tiene sus propias vibraciones y su propia atmósfera, y estos elementos se trataron brevemente en la primera parte de este libro. Los chamanes eligen el mundo a visitar según sus necesidades. Aprenden a hacer la elección correcta gracias a los años de experiencia en viajes. Además, diferentes intenciones requieren visitas a diferentes mundos.

Por ejemplo, para obtener asesoramiento sobre un nuevo proyecto o trabajo, un espíritu o guía específico del mundo superior podría ayudarle a progresar. Para propósitos de sanación, los chamanes normalmente visitan el mundo inferior, pero a veces, la sanación también puede requerir una visita al mundo superior. La experiencia enseña a los chamanes el camino correcto a seguir. Se puede emprender más de un viaje para lograr la misma tarea.

Este capítulo está dedicado a un estudio detallado del Mundo Inferior, el reino del alma, y el lugar donde se almacenan todos los registros de la historia humana.

Comprender el Mundo Inferior

Los chamanes utilizan la ayuda del eje del mundo para llegar al mundo inferior, en las profundidades de la tierra. Encuentran una abertura como un túnel o una madriguera de conejo para descender hacia abajo. La abertura puede ser una estrecha hendidura en la base del eje del mundo, un agujero de un animal en el suelo, una escalera que desciende o una abertura de una cueva en la base o detrás de una cascada.

El mundo inferior está profundamente asociado a la transformación y al poder. Es el lugar al que se puede viajar para sanar y recuperar trozos perdidos del alma. Estas piezas perdidas en el laberinto del tiempo no desaparecen. Permanecen en el mundo inferior, con la esperanza de volver a reunirse en su lugar original.

Los espíritus ayudantes aquí suelen tomar la forma de animales y se les conoce como animales de poder o animales tótem. Pero los espíritus ayudantes también tienen otras formas en el Mundo Inferior. A veces, le susurran consejos como el viento. A veces, los árboles y las plantas le hablan. Estos no son más que espíritus ayudantes disfrazados. Incluso los espíritus de los antepasados pueden encontrarse en el mundo inferior. No existe un formato o forma estricta que los espíritus ayudantes adopten para ayudarnos.

Su relación con los espíritus ayudantes del mundo inferior constituye la base de su práctica chamánica. Estos guías no solo le llevan por el mundo inferior, sino que también se convierten en excelentes consejeros de por vida en su camino para convertirse en un chamán bueno y compasivo.

Casi todos los chamanes siguen visitando el mundo inferior no solo para recorrer los interminables y maravillosos paisajes que allí se encuentran, sino también para el trabajo de sanación y transformación y para su crecimiento personal y aprendizaje en el mundo del chamanismo.

Preparación del viaje al Mundo Inferior

El viaje al mundo inferior está plagado de peligros porque está lleno de emociones conflictivas y agitación. Es imperativo que se prepare bien antes de emprender este viaje por si trae involuntariamente elementos peligrosos a su mundo real. Lo que hay que dejar allí no debe tocarse.

Cuando viaje al mundo inferior, visualizará su cuerpo energético sutil descendiendo hacia él. Primero se encontrará con el guardián de la puerta, el espíritu arquetípico que guarda la puerta de entrada a la mente inconsciente. El guardián de la puerta se conoce con varios nombres. Entre los incas, se le conoce co“o "Huas”ar", que se traduce co“o "el que nos re”ne". Se le representa simbólicamente como una liana o una cuerda que une los mundos medio e inferior.

Antes de entrar en el mundo inferior, hay que obtener el permiso de este guardián para entrar. Por lo general, también le orienta si le trata con respeto y madurez. Le acompañará hasta su destino o animal de poder y le ofrecerá consejos sobre el viaje. No debe entrar en el mundo inferior sin su permiso porque es probable que se quede atrapado allí si lo hace. Como guardián de la puerta, tiene la autoridad para permitir que la gente entre y salga.

El primer viaje consiste normalmente en encontrar su espíritu, su poder y sus animales tótem. Además, el primer viaje tiene que ver con la conexión con la Madre Tierra, teniendo en cuenta que se sumergirá en lo más profundo de su corazón. La Madre Tierra representa todo lo femenino. Es la Gran Madre que tiene soluciones para todos nuestros problemas. Profundizar en su conexión con ella le dará mucho poder.

Antes de bajar al mundo inferior, debe aprender a abrir el espacio sagrado para su viaje y cerrarlo después de regresar sano y salvo. El espacio sagrado puede crearse en cualquier lugar y en cualquier momento. Puede estar en algún lugar de la naturaleza o en una parte tranquila e imperturbable de su casa. El aspecto no perturbado es fundamental, ya que los viajes pueden llevar tiempo y no quiere interrupciones que no solo perturben su sesión, sino que también puedan causar daños, ya que sus interacciones con los seres espirituales podrían cortarse bruscamente.

Utilice estas invocaciones para abrir el espacio sagrado (después de haber elegido su espacio sagrado y haber realizado la limpieza para su protección) para su ritual de viaje.

Gire hacia el sur y dig“: *"Invoco a los vientos del sur para que envuelvan con su protección este espacio sagrado. Invoco a la gran serpiente para que nos enseñe a despojarnos de nuestro pasado, al igual que ella se despoja de su vieja piel por la nueva. Enséñanos a caminar por la tierra con suavidad y sin herir a na"ie".*

Vuélvase hacia el oeste y dig“: *"Invoco a los vientos del oeste para que derramen su energía protectora sobre nosotros. Que el Jaguar proteja nuestras medicinas y nos enseñe a vivir en paz y en comunión armoniosa con el unive"so".*

Vuélvase hacia el norte y dig“: *"Invoco a los vientos del norte y a la sabiduría de los ancianos y los experimentados para que nos mantengan a salvo y nos envíen mensajes a través de los vientos. Oh, ancianos, los invitamos a venir aquí y a calentarse en nuestro fuego. Los honramos a ustedes que han venido antes que nosotros y a los que vienen desp"és".*

Vuélvase hacia el este y dig“: *"Invoco a los vientos del este, trae el poder del sol naciente a nuestro espacio. Oh, gran águila, mantennos a salvo bajo tus alas y enséñanos a volar a"to".*

Mire hacia abajo y dig“: *"Madre Tierra, venimos a ti en busca de medicinas curativas en nombre de todos los que han caminado antes que nosotros, caminan con nosotros y caminarán después de nosotros en tu bendita tierra. Mantennos a salvo y protegi"os".*

Mire al cielo y dig“: *"Padre Cielo, protégenos con tu inmensidad. Mantén este espacio tan seguro como mantienes las estrellas, el sol y la l"na".*

Ahora puede iniciar su viaje chamánico al mundo inferior. Cuando haya terminado su viaje y haya regresado a su mundo físico, recuerde cerrar el espacio sagrado. Siga el mismo procedimiento para cerrarlo y añada una línea de gratitud con cada oración o súplica. Libere sus energías de vuelta al cosmos cuando haya terminado.

El viaje al Mundo Inferior

Cuando su espacio sagrado esté listo, siéntese en sus confines protegidos. Póngase cómodo y apoye las manos en las rodillas. Cierre los ojos y repita el siguiente ritmo respiratorio:

- Inhale durante una cuenta de siete.
- Mantenga la cuenta de siete.
- Exhale contando hasta siete.

- Mantenga la cuenta de siete.

Repita esto todo lo que pueda. Recuerde que este ejercicio es engañosamente fácil para los principiantes, y puede sentirse mareado. Esta sensación es la puerta de entrada a un estado alterado de conciencia. Siga practicando el ritual de apertura del espacio sagrado y el ejercicio de respiración mencionado anteriormente hasta que pueda entrar y salir fácilmente del estado chamánico. Un viaje al mundo inferior ayuda a los chamanes novatos a encontrar su espíritu, su poder y sus animales tótem.

Comprender el espíritu, el poder y los animales tótem

Entonces, ¿qué son el espíritu, el poder y los animales tótem? Veamos cada uno de ellos con un poco de detalle.

Descubriendo su animal espiritual

Los animales espirituales forman parte integral de todas las formas de chamanismo que se practican en todo el mundo. Actúan como guías espirituales que se manifiestan en las formas en que estamos dispuestos a verlos. A menudo, uno se siente conectado a un animal en particular, y los guías espirituales toman la forma de estos animales para ayudarle en su viaje como chamán. Si no está seguro de con qué animal se siente conectado, he aquí algunos consejos para ayudarle a empezar:

- Averigüe las conexiones animales de su familia y linaje. Independientemente del lugar en el que viva actualmente, descubra sus raíces y averigüe qué animales representan su cultura original, ya que tienen mucho poder para su psique, teniendo en cuenta que la energía de estos animales se ha transmitido durante generaciones en su linaje.
- De hecho, algunos nativos americanos piden a los que no lo son que no reproduzcan ni utilicen los símbolos de sus animales espirituales porque existe una conexión distintiva con los nativos que los que no lo son no pueden sentir ni conectar con ellos.
- Preste atención a sus sueños. ¿Ve que un animal en particular aparece en sus sueños repetidamente? Haga anotaciones en su diario de sueños (más adelante en este libro se habla de los diarios de sueños).
- ¿Cuáles eran sus animales favoritos en su infancia? ¿Tenía una mascota querida? ¿Se encontró con animales salvajes cuando era niño?

Encuentre las respuestas a estas preguntas, y pronto es probable que encuentre su animal espiritual, el animal del que su guía espiritual toma la forma para ayudarle y guiarle a través de sus diversos viajes chamánicos. Puede utilizar el ritual de viaje descrito “n "Descubrir su animal de po”er" para ir al mundo inferior y encontrar su animal espiritual.

Descubrir su animal de poder

Los animales de poder también se encuentran en el mundo inferior y, al igual que los animales espirituales, le guiarán en su viaje chamánico. La diferencia es que el animal de poder que encuentre en el mundo inferior le acompañará de vuelta a su mundo real. Su animal de poder puede ser cualquier cosa, desde una simple y común golondrina hasta un gigantesco y aparentemente temible cocodrilo. Los insectos se evitan porque están estrechamente asociados con el mundo inferior, y es mejor dejarlos allí y no traerlos de vuelta.

Entonces, ¿cuál es el papel de su animal de poder? No representa en quién se está convirtiendo, ni simboliza sus sueños y deseos. Representa su estado natural y virgen. Incluso puede recuperar un animal de poder que le desagrade. Por ejemplo, podría escoger un escorpión, una serpiente o cualquier otro animal que le dé miedo o le resulte repugnante. Incluso en ese caso, este se convierte en su animal de poder porque representa una parte instintiva de usted mismo que desconectó por las mismas razones que le desagradan o que encuentra de buen gusto en su animal.

Su animal de poder lo enraizará y lo mantendrá conectado con su ser auténtico e instintivo. Puede aprender lecciones de él comunicándose con él, aprendiendo e imitando sus movimientos, su forma de vivir, sus ritmos, etc. Siga estos pasos para viajar al mundo inferior y encontrar a su animal de poder.

Grabe estas instrucciones con su propia voz para poder utilizarlas en su viaje

Siéntese cómodamente en un lugar tranquilo y sin molestias. Puede fijar la mirada en un objeto que esté justo encima de su línea de visión o puede cerrar los ojos. Junte las manos cerca del corazón en una postura de oración. Repita esta intenció": *"Quiero ponerme en contacto con mi animal de poder y traerlo del mundo infer"or".*

A continuación, abra el espacio sagrado utilizando el ritual mencionado en este capítulo y haga el ejercicio de respiración mientras sigue las instrucciones. Cuando esté preparado, podrá iniciar su viaje al mundo inferior para encontrar a su animal de poder.

Encuentre la apertura en la raíz del eje del mundo y mire hacia abajo. Vea la larga escalera que desciende hacia la Tierra.

Suba por esta escalera y siga bajando hasta encontrar la puerta que da acceso al mundo inferior. Llame a la puerta y espere a que el portero la abra.

Cuando lo haga, pídale permiso para entrar. Atraviese la puerta cuando le dé su permiso.

Camine por el estrecho sendero flanqueado por densos arbustos. Siga caminando hasta llegar a un vasto y verde prado que se extiende hasta el horizonte. Busque una piedra en este prado y siéntese en ella.

Espere a que el animal de poder se acerque a usted. Respire con calma mientras espera y sienta que el animal se acerca por detrás.

Sienta que los ojos del animal se posan en usted. Sienta cómo se le eriza el vello de la nuca a medida que se acerca a usted.

Escuche el ritmo de su respiración mientras se acerca a usted.

Cuando sienta que su animal de poder está preparado para recibirle, levántese suavemente y dese la vuelta. Mire a los ojos de su animal de poder.

- Extienda la mano para tocar su pelaje, sus aletas, su pico, su cornamenta, sus escamas o la parte del cuerpo que corresponda.
- Mírelo suavemente a los ojos y formule sus preguntas:
  - ¿Qué has traído para mí?
  - ¿Qué te sana? ¿Cuáles son las medicinas que utilizas?
  - ¿Cuáles son tus debilidades?
  - ¿Cuáles son tus fortalezas?
  - ¿Desde cuándo me conoces?
  - ¿Cómo puedo cuidar de ti? ¿Qué alimentos consumes?
  - ¿Por qué eres mi animal de poder y no otro?

Entable una larga y profunda conversación con su animal de poder durante todo el tiempo que ambos deseen. Cuando ambos estén preparados, invite a su animal de poder a volver con usted a su mundo. Vuelva a la puerta y pida permiso al portero para salir con su animal de poder. Encuentre la escalera y suba, asegurándose de que su animal de poder le siga.

Cuando llegue a la abertura de la raíz del eje del mundo, ayude a su animal de poder a subir y permítale vagar libremente por su mundo. Extienda la mano y toque a su animal y sienta cómo su energía se fusiona con la suya. Mueva su cuerpo de la misma manera que se mueve su animal de poder. Intente hacer coincidir su ritmo con el de él. Aprenda a hablar su lenguaje. Enséñele su lenguaje. Cuando se sienta satisfecho con su primera interacción con su animal de poder, pídale permiso para volver a su mundo y hágale saber que los dos estarán siempre juntos.

Abra lentamente los ojos y tome conciencia de su entorno físico. Sienta las sensaciones físicas y lentamente tome conciencia en su cuerpo físico. Sienta que su energía se fusiona ahora con la energía de su animal de poder. Cuando termine su ritual, dé las gracias y cierre el espacio sagrado. Ahora, su animal de poder forma parte de usted y puede interactuar con él de la manera que desee. Conecte con él y busque la parte de su alma que representa. Recuerde que su animal de poder suele representar esa parte de usted que no le gusta o que intenta olvidar.

Durante un tiempo, comprométase con su animal de poder en el mundo real. Cuando se levante cada mañana, estírese como lo haría su animal de poder. Cuando dé la mano a la gente, hágalo incorporando el espíritu de su animal de poder y sus acciones. Cohabite con su animal de poder hasta convertirse en él.

Encarnar a su animal de poder le permite confiar cada vez más en sus poderes instintivos. Le resultará fácil conectar con su poder intuitivo y utilizarlo para guiar a su mente racional para vivir la vida que desea. Y lo que es más importante, su animal de poder protegerá esa parte de usted que odiaba y que ahora ha vuelto a casa.

Descubriendo los animales tótem

El concepto de animales tótem se basa en la creencia de los nativos americanos de que cada uno de nosotros está asociado a nueve animales diferentes cuyo poder y energía complementan nuestra energía a lo largo de nuestra vida. Los diferentes animales tótem surgen y se retraen en función de nuestras necesidades y de la dirección que tomemos en nuestra vida. Un tótem sirve como emblema de una tribu, familia, clan e individuos. Los miembros del clan no pueden matar a sus animales tótem.

Los animales tótem permanecen con usted durante toda su vida, haciéndole compañía en el mundo físico y espiritual. Aunque los animales de poder y los animales espirituales también estarán allí, en algunas culturas nativas se cree que sus animales tótem se convierten en sus guardianes espirituales principales de por vida.

La elección de su animal tótem requiere estar atento a las señales adecuadas e interpretarlas correctamente. La práctica de descubrir su animal tótem es una experiencia altamente espiritual y terapéutica. Podría encontrar su animal tótem en un momento de epifanía espiritual o religiosa. También podría encontrarlo a través de una sencilla y práctica lección de sabiduría en el mundo real. Puede utilizar el ritual de viaje descrito “n "Descubrir su animal de po”er" para ir al mundo inferior y encontrar su animal tótem.

He aquí una pequeña lista de animales comúnmente utilizados en el chamanismo como animales de poder, espíritu y tótem y sus cualidades principales:

- **Hormi-a** - Estas diminutas criaturas representan el trabajo en equipo y el espíritu de nunca rendirse.
- **Caim-n** - Esta poderosa criatura es conocida por su sigilo y su resistencia para sobrevivir en cualquier situación difícil.
- **Armadil-o** - Representa y aprecia la importancia de los límites personales. Siempre lleva consigo la protección.
- **Antílo-e** - Este veloz animal representa la acción rápida y eficaz.
- **Maripo-a** - Estos hermosos insectos representan el poder de la transformación y el crecimiento. Conocida por su resistencia, es increíblemente adaptable y representa la facilidad y la gracia.
- **Tej-n** - El tejón representa el empuje, la pasión y la agresividad, recordándole que estas cualidades son fundamentales para vivir una vida con sentido y propósito.
- **O-o** - El oso representa una profunda conexión con la tierra y la naturaleza. Un oso es profundamente emocional.
- **Ga-o** - Simboliza la independencia, la curiosidad y la aventura, un gato, es el maestro de la paciencia.
- **Palo-a** - La paloma es un símbolo de paz y representa nuevos comienzos, y también es conocida por su optimismo y esperanza.
- **Delf-n** - Simboliza la alegría combinada con la sabiduría; los delfines son maestros de la comunicación.
- **Cier-o** - Los ciervos son muy intuitivos y sensibles, y logran un elegante equilibrio entre el éxito, la confianza y la delicadeza.

- **Elefan–e** - También representan la sabiduría, los elefantes manifiestan comprensión espiritual y dulzura a pesar de su tamaño y fuerza.
- **Zor–o** - Un maestro en el arte del camuflaje, un zorro es también un maestro del desapego. Sin embargo, un zorro está en paz con su entorno.
- **Ra–a** - Las ranas ayudan a la curación física y emocional. Este animal es un recordatorio de que tenemos que revisar nuestro pasado, curarnos de sus heridas y seguir adelante.
- **Halc–n** - Este pájaro representa la perspicacia total. También es un ave altamente compasiva y empática.
- **Cabal–o** - El caballo representa la pasión, el impulso y la productividad.
- **Le–n** - El león es un símbolo de coraje. Es un líder nato y un signo de autoridad.
- **Rat–n** - El ratón representa la importancia del escrutinio y el detalle. Nos recuerda que no debemos pasar por alto las pequeñas cosas de nuestra vida.
- **Búh–s** - Con el poder de ver lo que muchos otros pasan por alto, los búhos conocen el significado más profundo de las cosas. Tienen el poder de descubrir los tesoros ocultos de la vida.
- **Pavo re–l** - Este precioso animal representa la reinvención y la resurrección. Nos recuerda que nunca es demasiado tarde para una transformación positiva.
- **Tig–e** - Este animal rayado y maravilloso representa las emociones crudas. Está dotado de extraordinarios poderes instintivos.
- **Tortu–a** - Este animal es altamente espiritual, y su larga vida es una representación del largo pero fructífero viaje hacia la verdad y la sabiduría.
- **Lo–o** - El lobo también está relacionado con los poderes intuitivos. Representa la libertad y la inteligencia. Antepone los instintos primarios a todo lo demás.

Algunas historias personales

Cuando Nancy comenzó a recorrer el camino chamánico, estaba plagada de dudas sobre sus guías espirituales. Vivía en el corazón de Nueva York, una jungla de cemento en la que ver o reunirse con animales, excepto con los animales domésticos (y normalmente con los gatos y los perros). Se preguntaba cómo iba a encontrar a su animal de poder.

Su mentora y guía, Susan, le dijo que se relajara y que la Madre Naturaleza encontraría la manera de enviarle señales que la llevaran a su animal de poder. Solo tenía que confiar en ella y esperar, manteniendo su corazón, su mente y su cuerpo abiertos a recibir mensajes del más allá.

Nancy practicaba diligentemente el viaje al Mundo Inferior de varias maneras. Su medio favorito para alcanzar el trance chamánico eran los golpes de tambor rítmicos y repetitivos. Se encerraba en su habitación todos los sábados, asegurándose de no ser molestada hasta la noche. Bajaba al mundo inferior todos los sábados por la tarde.

La primera vez que bajó, le pareció vislumbrar una extraña visión. Durante un instante casi imperceptible, vio un halcón montado a lomos de un lobo, que se dirigía hacia ella. Los sintió por un instante. Se volvió inmediatamente, quizás demasiado pronto, porque no vio nada después.

Regresó muchas veces al mundo inferior, pero fue en vano. Había viajado tantas veces que el guardián de la puerta la hacía pasar con una sonrisa. La tranquilizó sobre la búsqueda de su deseo cuando le pidió consejo sobre el descubrimiento de su animal de poder. Una vez le había dich": "No te preocupes. Persiste en tu búsqueda. Si hay un retraso, podría significar que serás recompensada doblemente por tu implacable persisten"ia". Ella no podía entenderlo, pero nunca abandonó sus esfuerzos.

Y finalmente, un día, obtuvo su respuesta. Mientras caminaba por las calles de su barrio, vio un bar clandestino, cuyo letrero decí": "El halcón y el l"bo". El icono de la marca del café era sorprendentemente similar a la visión fugaz que tuvo en su primer viaje al mundo inferior. Fue como si se encendiera una chispa, y brilló con poder y sabiduría en la luz explosiva.

Nancy volvió rápidamente a su casa y se preparó para viajar de nuevo al mundo inferior. Esta vez, se tomó su tiempo esperando en la misma piedra en la que se sentó cuando vio la visión del halcón y el lobo por primera vez. Se quedó allí inmóvil, esperando. Después de mucho tiempo, sintió el sonido de las patas del lobo en el suelo.

Se moría de ganas de mirar hacia atrás, pero se quedó quieta, temiendo que los animales pensaran que se estaba precipitando demasiado. Muy pronto, sintió el aliento del lobo cerca de ella. Escuchó el batir de las alas. Lentamente, se giró y se encontró con la misma visión, la del lobo gris con el halcón sentado firmemente en su espalda. Miró sus ojos, y estos la miraban sin pestañear. Supo que había encontrado su tótem y sus animales de poder.

Habló largo y tendido con ambos. Se dio cuenta de que estaban comprobando su persistencia y diligencia en el encuentro. Se le habían aparecido tan pronto como se convencieron de que estaba preparada para dar un gran paso en el mundo del chamanismo.

Solo cuando regresó de su viaje sintió el impulso de averiguar más sobre sus raíces. Era huérfana y se crio en un orfanato de Nueva York. Volvió allí y obtuvo los datos de su madre. A partir de ahí, tuvo un fascinante viaje personal.

Nancy descubrió que su madre tenía raíces nativas americanas. Pudo ponerse en contacto con una amiga íntima de su madre, que la llevó a conocer otro contacto. Siguió haciéndolo hasta que descubrió que formaba parte de los clanes Pájaro y Lobo de la tribu Cheroqui , de gran riqueza cultural.

Entonces se dio cuenta de que el chamanismo estaba en sus genes y, en alguna parte profunda de su ser interior, supo que estaba destinada a seguir el camino de sus antepasados. Nancy estudió chamanismo avanzado de la mano de un sabio miembro de la tribu Cheroqui y continuó construyendo unas raíces chamánicas fuertes y robustas para sí misma.

Al igual que Nancy, una vez que su vocación de convertirse en chamán está clara, la madre naturaleza encontrará la forma de llevarle al lugar que le corresponde con la ayuda de su espíritu, su poder y sus animales tótem. Así pues, siga adelante y pruebe las técnicas mencionadas en este capítulo y comience los emocionantes viajes al Mundo Inferior.

Capítulo 9: Exploración del Mundo Medio, nuestro hogar

Este capítulo trata del mundo medio, que representa la realidad en la que vivimos. El mundo medio consiste en nuestro mundo real, terrenal, y en todas las dimensiones espirituales y aspectos del alma relacionados con él. El mundo medio incluye todo lo que hay en el mundo real, pero sin los velos de la ignorancia que los cubren. Así, los chamanes que viajan al mundo medio pueden conectar con los espíritus y los aspectos del alma de los seres de la naturaleza, los elementos pasados de la tierra y los elementos futuros.

Los chamanes viajan al mundo medio para encontrar información específica sobre un acontecimiento o lugar de la tierra. Por lo general, este tipo de viaje se produce cuando el chamán necesita trabajar con el alma de un lugar específico o algún aspecto de la naturaleza. A menudo, para los rituales, los chamanes necesitan colaborar con las fuerzas y los espíritus del mundo medio.

Como el mundo medio es un reflejo de nuestro mundo real, la mejor manera de realizar un viaje chamánico por este mundo es mediante la proyección astral. Pero antes de pasar a la proyección astral y a cómo hacerla, vamos a intentar explicar el mundo medio con un poco más de detalle.

Comprender el Mundo Medio

Como ya sabe, el mundo medio está formado por su realidad física, junto con los seres y espíritus que normalmente no puede ver ni hablar en el mundo físico. El mundo medio es un reflejo de nuestro mundo junto con todas sus capas ocultas. Es la dimensión espiritual del mundo físico donde puede ver y experimentar lo invisible.

Viajar al mundo medio consiste en encontrar su lugar de anclaje. Este lugar se refiere al sitio más cómodo para que usted identifique y acceda al eje del mundo. El punto de anclaje actúa como un lugar seguro, un lugar al que puede retirarse cuando sienta cualquier tipo de peligro o dificultad mientras profundiza en viajes más complejos a los Tres Mundos.

Encuentre un lugar feliz que le guste. Podría ser un parque que frecuentaba de niño. Podría ser una hermosa playa donde encontró su primer amor. Podría ser un claro donde encuentra la calma y la paz. Incluso podría ser el lugar favorito de su casa. Solo asegúrese de que el lugar sea un poco grande para que pueda ver y sentir el entorno con todos sus elementos. Cuanto más se comprometa con sus sentidos, más potentes serán sus visualizaciones.

Utilice cualquier método (para los novatos, los ritmos repetitivos de los tambores funcionan muy bien) para entrar en estado de trance. También puede utilizar los métodos descritos en el capítulo anterior para iniciar su viaje al mundo medio.

Siéntese en cualquier posición cómoda y deje que empiece a sonar el tambor. Cuando entre en estado de trance, visualice su lugar favorito. ¿Qué ve, huele, toca, siente? Solo tiene que comprometerse con todos los elementos de su lugar favorito. Si se trata de un pequeño claro en una zona de bosque, mire a su alrededor y vea qué tipos de plantas y árboles crecen en la zona.

¿Qué sonidos escucha? ¿Puede ver algún animal alrededor? ¿Qué huele? ¿Ve a otras personas en los alrededores? Asegúrese de no molestar nada porque ellos también podrían estar en sus propios viajes. Recuerde, cuando esté en un viaje chamánico, estará en la región del subconsciente colectivo donde se encuentran todas las mentes subconscientes de todos los espíritus y seres.

Familiarícese con este lugar. Encuentre el eje del mundo en ese lugar. Observe su vasto sistema de raíces en la base del árbol. Encuentre una abertura o agujero que le lleve al mundo inferior. Puede utilizar esta abertura para sus viajes al mundo inferior.

Observe su poderoso y gigantesco tronco que se eleva hacia el cielo ilimitado. Observe su sistema de ramas y hojas entrelazadas. Observe su amplio dosel de hojas en la cima del árbol. Vea si puede encontrar la escalera que le llevará hacia arriba cuando inicie su viaje al mundo superior. Anote esta escalera y su posición.

El aspecto más importante de su primer viaje al mundo medio es familiarizarse con este punto de anclaje. A medida que realice más y más viajes, este lugar sufrirá cambios a medida que añada, elimine y/o altere elementos en él, incorporando las lecciones que aprendió y los espíritus útiles que ha conocido. El animal tótem que trajo del mundo inferior probablemente encontrará su hogar aquí.

El viaje al mundo medio también se realiza para visitar a los seres asociados con la Madre Naturaleza. Puede visitar el mundo medio para aprender de los árboles, las plantas, los animales, los insectos, los minerales, etc. Mantenga sus sentidos abiertos para recibir mensajes de cualquier lugar. Podría escuchar a una planta que le habla, dándole consejos sobre el uso de sus partes para la curación. Podría ver una flor que le hace señas para darle un mensaje importante. El viento podría tocarle, queriendo compartir algo con usted.

Una nota de advertencia sobre el mundo medio es que es el lugar donde se encuentran los espíritus de las almas fallecidas que aún no han cruzado. Estas almas suelen pertenecer a aquellas personas que tuvieron una muerte traumática y no han podido aceptar su muerte. Incluso puede encontrar espíritus que no son conscientes de su muerte. Creen que siguen vivos.

Como principiante, es poco probable que sepa cómo ayudar a estos espíritus. Lo mejor es evitarlos educadamente y seguir su camino. Sin embargo, está perfectamente bien hablar e interactuar con los espíritus de todos los elementos de la naturaleza, incluidos los árboles, las plantas, las partes de árboles y plantas, los ríos, las montañas, los arroyos, etc. También puede encontrarse con hadas, devas, elfos y otros espíritus de seres sobrenaturales en el Mundo Medio.

Proyección astral

¿Qué es la proyección astral? La proyección astral, también llamada experiencia fuera del cuerpo, es una de las prácticas espirituales más maravillosas y hermosas que le ayudan a ir más allá de los límites del mundo físico. Cuando se realiza de forma correcta y persistente, las experiencias de proyección astral pueden ayudarle a obtener claridad y propósito. Es una excelente herramienta de crecimiento y desarrollo en el campo del chamanismo.

Puede utilizar la proyección astral para descubrir sus propias verdades personales, profundamente arraigadas y olvidadas, o puede utilizarla para viajar al espacio exterior y volver.

Independientemente del propósito, esta experiencia es estimulante, transformadora, rejuvenecedora y fácilmente realizable por todos nosotros. La proyección astral no es un espectáculo de magia. Es algo que nos ocurre a todos de forma natural.

Por ejemplo, muchos de nosotros soñamos con volar para visitar un lugar conocido o desconocido. Las sensaciones de esta experiencia de vuelo son tan reales que cuando se despierta de su sueño, se siente perdido. Se siente desorientado de su entorno físico. Es como si de repente le hubieran devuelto a su cuerpo.

Existen innumerables historias de yoguis y santos, especialmente de la parte oriental del mundo, en las que han visitado a devotos que se encontraban lejos mientras sus cuerpos permanecían en una postura meditativa en el lugar de residencia. Del mismo modo, muchos enfermos han sido curados por santos y curanderos de zonas remotas que han realizado viajes astrales con este fin.

Tanto los sueños como las historias son reales y han ocurrido. No estamos hablando de estafadores. Estamos hablando de historias reales y auténticas que parecen maravillosas, pero que son realmente posibles en nuestro mundo a través del concepto de proyección astral. Este concepto se basa en la creencia de que tenemos dos cuerpos, el físico y el astral.

En los sueños, nuestro cuerpo astral viaja a otros planos de conciencia y regresa justo antes de saber que se va a despertar. A veces, el regreso se produce de forma repentina, y por eso siente que ha sido empujado de nuevo a su cuerpo. A veces, el regreso será gradual y, en esos momentos, tendrá una sensación surrealista como si realmente hubiera viajado a algún lugar desconocido. Sí, la sensación es real porque su cuerpo astral ha viajado, y usted ni siquiera se ha dado cuenta.

Y lo mejor es que el viaje astral, al igual que la meditación de atención plena y otras actividades espirituales, puede practicarse, aprenderse y dominarse. Puede tener experiencias extracorporales en su estado consciente. Verá que el plano astral es sólido y firme y, al mismo tiempo, amorfo y cambiante. El tiempo en el plano astral se siente distorsionado. En el plano astral existen múltiples planos de realidades y reinos. Todos ellos pueden ser visitados por viajeros astrales experimentados.

En el chamanismo, la proyección astral funciona brillantemente para viajar al mundo medio porque es un reflejo del mundo real. La proyección astral le ayudará a ver y experimentar su propio mundo, pero con todas las realidades y reinos ocultos expuestos para su beneficio. Podrá conocer y conectar con todos los espíritus y seres que viven en la parte invisible del mundo real. Puede ser difícil para los novatos experimentarlo todo. Sin embargo, cuanto más practique, mejor lo hará.

Lo primero que debe hacer antes de iniciar su viaje de proyección astral es aprender a vencer el miedo. Tiene que recordarse a sí mismo que su cuerpo astral está firmemente unido a su cuerpo físico y que puede volver cuando quiera. El control para ir y venir está en sus manos. Nadie más puede controlarle. Sin embargo, es importante proteger tanto su cuerpo astral como el físico antes de iniciar el viaje. Los espíritus peligrosos y dañinos también residen en el plano astral.

No intente realizar prácticas de proyección astral mientras esté bajo los efectos de las drogas y el alcohol. Es muy peligroso y puede incluso conducir a la locura temporal (e incluso permanente) en raras ocasiones. Siga estos pasos para una experiencia de proyección astral segura:

En primer lugar, medite durante unos minutos hasta que se sienta completamente tranquilo y relajado.

A continuación, llene su mente de pensamientos y sentimientos positivos. Recuerde una ocasión feliz y reviva esa experiencia.

Piense en sus amigos y familiares con pensamientos positivos. Mientras su positividad y su carácter animoso se mantengan fuertes e intactos, las fuerzas negativas no podrán tocarle.

Llene su mente de pensamientos positivos sobre la próxima experiencia de proyección astral. La razón de esto es que los viajeros astrales se encontrarán realmente con lo que ellos mismos proyectan en el plano astral, por lo que la positividad es esencial.

Antes de despegar, visualice un círculo de luz blanca que le mantiene seguro y protegido. Imagine que la luz blanca rodea y envuelve su cuerpo para protegerlo.

Visualice un par de manos hermosas y elegantes saliendo de esta envoltura de luz blanca. Imagínese esas manos limpiando y despejando su aura, asegurándose de que cada pedacito de negatividad es eliminado desde la punta de los dedos de los pies hasta la parte superior de su cabeza.

Puede comenzar el viaje cuando se sienta completamente satisfecho con sus medidas de protección y se sienta completamente seguro.

Deje que la música de meditación o los ritmos de los tambores rodeen el espacio. Es mejor realizar esta actividad sentado porque puede dormirse fácilmente si se tumba. Entonces la experiencia puede ser igual que soñar en un estado inconsciente.

Destierre todos los demás pensamientos y despeje su mente por completo. Para ayudarle a hacerlo, imagine que todos sus pensamientos fluyen hacia una vasija de barro. Cuando la vasija esté llena, visualícese rompiéndola y liberando todos los pensamientos al cosmos.

Concéntrese en su respiración. Inhale por la nariz y exhale por la boca.

Visualícese sentado tranquilamente en su lugar de anclaje. Imagínese una escena pacífica y tranquila en la que todos los elementos estén también tranquilos y relajados, realizando su trabajo sin ser molestados o sentados como usted y meditando pacíficamente.

Cuando esté totalmente relajado, cante en su mente: "Me elevo, floto, vuelo". Siga haciendo esto y pronto se dará cuenta de que ha entrado en un estado chamánico. Se sentirá ligero y aireado por dentro y, sin embargo, poderosamente consciente. Su nivel de conciencia se verá agudizado. Curiosamente, su cuerpo se sentirá pesado y relajado.

Continúe cantando "Me elevo, floto, vuelo" y, mientras canta, visualice su cuerpo astral elevándose desde su cuerpo físico. Observe cómo flota cada vez más lejos de su cuerpo físico, con la cuerda de conexión impidiéndole volar lejos de usted. Es posible que no llegue a esta etapa en los primeros días de práctica. A veces, el cuerpo astral sube unos metros y salta de nuevo a su cuerpo físico.

La decepción por el fracaso no debe disuadirle de la práctica regular y diligente. Se necesita una práctica persistente y duradera para conseguir que su cuerpo astral abandone su cuerpo físico, sabiendo que está a salvo y que puede volver en cualquier momento.

El viaje astral es similar a viajar en un vehículo en movimiento. Siga moviéndose y pronto verá una ráfaga de luz y color delante de usted. Eso es el plano astral y la visión del mundo medio. Aquí encontrará el reflejo de su mundo real y otros espíritus y seres que no se ven en el mundo real. Recorra y explore el mundo medio todo lo que quiera.

Si ha venido en busca de algo, recorra y trate de descubrirlo. Pida a su espíritu, poder y animales tótem que le ayuden. Su animal tótem ya habrá hecho mucha exploración en su nombre. Puede explorar el mundo medio con él y aceptar su ayuda para encontrar lo que busca. Cuando esté preparado para volver, lo único que tiene que hacer es tomar la decisión de regresar.

Visualícese de vuelta en su cuerpo físico. Cuente lentamente del 1 al 10, concentrándose en cada parte del cuerpo mientras lo hace, llevando así la conciencia a todo su cuerpo. No tenga ninguna prisa. Hágalo lentamente. A continuación, mueva cada parte de su cuerpo por turnos, empezando por el dedo del pie y subiendo lentamente hasta que esté totalmente despierto y sea completamente consciente de su entorno físico. Siéntese tranquilamente en la misma posición. Frótese las manos para generar calor y aplíquese este calor en la cara. Lentamente, levántese de su posición sentada. Recuerde tomar notas detalladas de sus experiencias.

Meditaciones para mejorar las experiencias de proyección astral

La proyección astral requiere un pensamiento fuera de lo común. Al fin y al cabo, en una experiencia de este tipo, su alma va a salir de su cuerpo para vagar libremente por cualquier lugar que desee. Tiene que entrar en un estado meditativo profundo y dejar de lado el miedo para que pueda permitir que su cuerpo astral abandone su cuerpo físico para vagar por ahí como desee. La proyección astral, cuando se hace correctamente, le asegurará el control de lo que ocurre. Así pues, he aquí algunas poderosas técnicas de meditación que aumentarán sus poderes de protección astral.

- **Hipnosis**

Ya ha aprendido que la autohipnosis es una herramienta utilizada por los chamanes para alcanzar el estado chamánico. A través de la hipnoterapia, también puede alcanzar este estado para realizar viajes astrales. Un estado hipnótico sugestionado eleva su conciencia a reinos superiores.

La hipnosis no es otra cosa que entrar en un estado de conciencia elevado con una perturbación física mínima. Esto abre su mente tan ampliamente que las experiencias de proyección astral se pueden lograr fácilmente. Puede utilizar los siguientes pasos para iniciarse en la autohipnosis para ayudar a la proyección astral.

- Encuentre un lugar tranquilo y sin perturbaciones para la práctica.
- Establezca su intención. En este caso, puede decir en voz alta (o escribirla de antemano): "Quiero alcanzar un estado de conciencia elevado para realizar un viaje astral". Asegúrese de que su propósito es claro.
- Cierre los ojos y respire profundamente un par de veces.

- Comience por eliminar todos los pensamientos y energías negativas, especialmente el estrés y la ansiedad.
- Concéntrese en su respiración. Hágala lenta y rítmica para que todas las fuerzas y pensamientos negativos se desprendan de su mente. Inhale paz y exhale negatividad.
- Una vez que esté completamente relajado, imagine su punto de anclaje, su lugar seguro y feliz.
- Afirme su estado de paz y calma repitiendo la afirmación: "Estoy feliz, seguro y en paz".
    - A partir de aquí, comience su experiencia de proyección astral como se describe en la sección anterior.
- **Activación de los chakras**
    - Los chakras primarios son los siete centros energéticos diferentes de su cuerpo, cada uno de los cuales representa un aspecto diferente de su ser. Los siete chakras son:
- Muladhara, o el Chakra Raíz, está situado en la base de la columna vertebral, entre los genitales y el ano. Representa nuestros instintos de supervivencia, las emociones y la autosuficiencia.
- Svadhisthana, o el Chakra Sacro, está situado en la parte inferior del abdomen, debajo del ombligo, y representa nuestra sexualidad, creatividad y autoestima.
- Manipura, o el Chakra del Plexo Solar, está entre el ombligo y la parte inferior de la caja torácica y representa nuestro ego, la agresividad y la ira.
- Anahata, o el Chakra del Corazón, está situado en la región del corazón y representa el amor, el apego, la confianza, la compasión y la pasión.
- Vishuddha, o el Chakra de la Garganta, está situado en la zona de la garganta y representa la comunicación, la articulación y la expresión.

- Ajna, o el Chakra del Tercer Ojo, está situado en el centro de la frente, entre las cejas. Representa el conocimiento intuitivo y la espiritualidad.
- Sahasrara, o el Chakra Corona, se encuentra en la parte superior de la cabeza y representa el portal entre los reinos físico y no físico.
- Nuestra energía innata reside en el Muladhara, permaneciendo dormida. A través de varias técnicas de meditación, puede despertar esta energía dormida y elevarla a través de los siete chakras hasta llegar al chakra de la corona, y se les abrirá la puerta a los reinos no físicos. A partir de aquí, la proyección astral será fácil.
- **Ritmos binaurales**

  Los ritmos binaurales se forman con dos tonos separados, y cuando su cerebro escucha estos dos tonos, trata de entrelazar y combinar las frecuencias, y esta actividad cerebral puede ayudarle a entrar en el estado meditativo necesario para la proyección astral. Escuchar los ritmos binaurales permite que las diferentes longitudes de onda de su cerebro se sincronicen, lo que aumenta su estado de ánimo y sus niveles de energía y le ayuda a alcanzar un estado de conciencia elevado.

Pruebe los métodos de meditación mencionados anteriormente para potenciar sus habilidades de proyección astral. Lenta pero seguramente, con la práctica persistente, su habilidad en el viaje astral está destinada a mejorar, ayudándole a realizar viajes al mundo medio para sus trabajos chamánicos.

Más consejos para la proyección astral

Aquí tiene más consejos y sugerencias para mejorar las habilidades y la experiencia de la proyección astral.

Aproveche sus capacidades inherentes - Recuerde que la proyección astral no es algo surrealista. Nos ocurre a todos en el curso normal de la vida. Solo que muchos de nosotros no somos conscientes o somos inconscientes cuando ocurre. Aquí no necesita aprender nada nuevo. Simplemente necesita aprovechar sus habilidades innatas para permitir a su cuerpo astral vagar libremente.

La práctica de la proyección astral es como trabajar un músculo. Cuanto más lo haga trabajar, más fuerte se hará. Dedique mucho tiempo a practicar mediante la visualización y otras técnicas de fortalecimiento de la mente. Trabaje para ajustarse cuando se dé cuenta de que su cuerpo astral está separado de su cuerpo físico. Cuando domine este elemento, la proyección astral le resultará fácil.

Dedique tiempo a meditar y a realizar autohipnosis - Meditar es una de las formas más fáciles de alcanzar un estado chamánico. Meditar le permite acceder a los aspectos más profundos de su conciencia. Despeje y relaje su mente y permítase aceptar el hecho de que existe un reino más allá de este físico. Puede utilizar aplicaciones de autohipnosis y meditación para su práctica.

Aproveche el poder de los cristales - Los cristales se utilizan habitualmente en el mundo del chamanismo por sus innumerables poderes energéticos. Aunque son excelentes herramientas para la sanación, también se utilizan para diversos tipos de ayuda en el reino astral. He aquí una lista de cristales que son muy útiles en sus prácticas de proyección astral:

- **Ágata** - Le ayuda a poner su cuerpo y su mente en un estado de calma y relajación.
- **Cuarzo rosa** - Le ayuda a darse cuenta de que el amor es más importante y útil que el miedo. El miedo es uno de los mayores obstáculos en los ejercicios de proyección astral. A la mayoría de las personas les asusta que una parte de ellas pueda abandonar su cuerpo y vagar libremente. Este miedo crea bloqueos en sus mentes que les impiden liberarse en este fascinante aspecto de la espiritualidad.
- **Cuarzo transparente** - Ayuda a abrir las puertas a los reinos astrales.
- **Amatista** - Ayuda a activar el chakra de la corona y ayuda durante los sueños lúcidos (este elemento se tratará en el próximo capítulo).
- **Citrino** - Ayuda a alejar la negatividad y hace que el viaje sea alegre.

- **Cornalina -** Ayuda a mantener el espíritu guerrero sano y fuerte.
- **Aventurina -** Es excelente para la estabilidad emocional.
- **Hematita -** Refuerza el vínculo entre el espíritu y el cuerpo y ayuda a tomar tierra también.
- **Lapislázuli -** Ofrece sabiduría y magia profética.
- **Ojo de tigre -** Para potenciar su energía espiritual y conectarse a tierra.
- **Turmalina negra -** Para la protección.

Practique en la oscuridad. Cuando se concentra en la proyección astral, la luz; que forma parte del mundo físico, tiende a distraerle de esta práctica. Además, la luz se centra en elementos de su entorno, que se convierten en distracciones. Puede utilizar antifaces para asegurarse de que sus ojos están completamente cubiertos y la oscuridad le rodea.

No se siente para sus prácticas esperando algo espectacular. Deje de lado sus expectativas. Simplemente siéntese y dedíquese a su práctica. Cuando espera algo, puede bloquear o cerrar puertas que están esperando ser abiertas porque su mente está cargada con la expectativa. Por el contrario, sin expectativas, su mente es libre de hacer lo que quiera, y es entonces cuando se abren puertas ocultas que le conducen a reinos astrales fascinantes. Caminar y explorar el mundo medio en este estado mental le traerá resultados más allá de su imaginación.

Y, por último, una palabra de advertencia para terminar este capítulo. La proyección astral puede ser una experiencia emocionante y estimulante con el poder de elevar sus habilidades chamánicas a un nivel superior. Sin embargo, debe tomarse las cosas con calma y permitir que su cuerpo y su mente se sincronicen entre sí para evitar riesgos y peligros. No dude en pedir la ayuda de un mentor cualificado y entrenado para aprender y dominar el arte antes de intentarlo por su cuenta.

Capítulo 10: Viaje por el Mundo Superior

El mundo superior representa el hogar de los guías y maestros espirituales y, por lo tanto, es el mundo más difícil de acceder. Sin embargo, muchos chamanes lo han hecho antes, y vendrán muchos más que seguirán realizando estas difíciles tareas. Este capítulo está dedicado al mundo superior y a cómo se puede acceder a él.

El mundo superior está situado muy por encima de este mundo terrenal. Es el lugar de nuestro espíritu y destino. Los chamanes viajan a niveles cada vez más altos durante el estado de trance para alcanzar el mundo superior. Casi todos los viajes se realizan con la ayuda de animales de poder o de un guía espiritual que eleva al chamán. Los chamanes "vuelan" hacia el mundo superior impulsados por el tamborileo rítmico y son apoyados hábilmente por aliados espirituales.

Hay un cambio claro en la vibración de la atmósfera energética cuando se pasa del mundo medio al mundo superior. A veces, sabe que ha llegado al mundo superior cuando flota a través de un fino velo parecido a una membrana que lo separa del nivel inferior.

Los poderes de los seres espirituales del mundo superior son claramente diferentes de los de los mundos medio e inferior. Ofrecen una perspectiva más elevada de las cosas y las situaciones, lo que le permite distanciarse de las dificultades y los obstáculos. Además, los poderes de los espíritus del mundo superior pueden ayudarle a descubrir aspectos nuevos, sutiles y más finos de usted mismo.

Métodos para acceder al Mundo Superior

Dos de los métodos más poderosos para acceder al mundo superior son la meditación guiada y el trabajo con los sueños.

Meditaciones guiadas

- Cierre los ojos y visualice una hermosa playa con aguas azules que se extienden hacia el horizonte.
- Usted está solo en la playa de arena blanca y suave.
- Se sienta en ella bajo la sombra de un enorme peñasco y mira fijamente al horizonte.
- Las olas tocan suavemente sus pies. Siente su calor.
- Una gran ola se acerca suavemente a usted y forma una copa para que se meta en ella.
- Sube los escalones de agua formados en la gigantesca ola y se mete en la taza. El interior es espacioso y el suelo está revestido de suaves alfombras.
- La ola le levanta lentamente y sigue subiendo hacia el cielo.
- Se siente seguro y feliz de montar la ola.

- Atraviesa las nubes y se detiene ante una puerta.
- Se baja de la copa y llama a la puerta, que el portero abre.
- Con su permiso, entra en el mundo superior.

Trabajando con los sueños

El ser humano lleva intentando interpretar los sueños desde la prehistoria. Los chamanes de las antiguas tribus de todo el mundo se tomaban los sueños muy en serio. Algunos creían que los sueños eran mensajes del Espíritu del cosmos, mientras que otros creían que eran mensajes de nuestras almas. Los antiguos chamanes trabajaban e intentaban interpretar sus propios sueños y los de otros miembros del clan que les informaban.

El chamanismo es uno de los caminos más naturales que conducen a la iluminación espiritual. Los chamanes y otros creyentes honran a la Tierra y a todas las formas de objetos animados e inanimados relacionados con ella. El chamanismo reconoce y reverencia el misterio y la magia de este cosmos y cree que todo lo que nos rodea y está dentro de nosotros está dotado de espíritu. El chamanismo honra el alma humana, sabiendo que es una parte del Espíritu cósmico primario. El chamanismo define a una persona iluminada como aquella que identifica y reconoce la verdad y trata de comprender cada situación o encuentro para revelar su verdad.

Los chamanes creen que la realidad de la vigilia es la misma que nuestros sueños cuando dormimos. No es que nuestra vida de vigilia sea falsa o irreal. Es solo que nuestra percepción de la totalidad del mundo es defectuosa e incompleta. Nuestra mente solo es capaz de arañar la superficie de la realidad tal y como la vemos y experimentamos. Este enfoque da lugar a percepciones defectuosas que, a su vez, oscurecen la verdad de realidades mayores y más grandes.

Cuando restringimos los poderes de nuestros sueños y su potencial, estamos empujando a nuestras mentes inconscientes a profundidades mayores de las que ya están. En consecuencia, estamos aumentando la dificultad de acceder a las energías y poderes de nuestras mentes inconscientes. Los chamanes creen que una persona verdaderamente iluminada es aquella que está despierta incluso cuando está dormida. Una persona no iluminada es aquella que está dormida incluso cuando está despierta.

Cuando ampliamos nuestra conciencia, rompemos las limitaciones del mundo físico y aceptamos la idea de que hay una plétora de realidades que existen en este cosmos, estamos construyendo la fuerza personal, pero también estamos mirando el bienestar de toda la raza humana. Todo un cuerpo de conocimiento y potencial más allá de nuestra mente consciente está ahí para ayudarnos. Y esta es la creencia central del chamanismo, acceder a poderes aparentemente más allá del alcance del mundo físico y compartir los beneficios con el mundo.

El trabajo con los sueños consiste en descubrir el espíritu energético que hay detrás de nuestros sueños para la resolución de los problemas existentes. Los chamanes utilizan los sueños como puertas para viajar al Inconsciente Colectivo y así poder acceder directamente al impulso inconsciente que dio lugar al sueño.

Lo mismo ocurre con las pesadillas. Se puede acceder a las energías de las pesadillas, que tienen su origen en la mente inconsciente, y luego liberarlas para liberar a la persona de sus impactos negativos. Del mismo modo, las energías creativas pueden identificarse y descubrirse a través de los sueños y liberarse en el mundo físico para realizar cambios positivos y creativos en la vida real del soñador.

Cuando se transforman, liberan o acceden a las energías de la mente inconsciente (o de su yo interior), la mente consciente y el cuerpo físico (el yo exterior) también se transforman, dando lugar a una realidad nueva y más feliz que antes. Los sueños se ven desde múltiples perspectivas en el chamanismo, lo que, a su vez, nos permite trabajar con ellos de diversas maneras en función de la necesidad en un momento determinado. Los chamanes creen que el sueño puede ser:

- Emprender un viaje chamánico.
- Tener una visión.
- Recibir información importante y relevante de los guías espirituales, etc., mientras se está en estado de trance.

Desde una perspectiva no chamánica, los sueños son visiones o experiencias que se tienen cuando se duerme. En el chamanismo, es posible interactuar con los espíritus en sus sueños. Los chamanes ven los sueños como otra realidad en la que se expresa y experimenta el sistema cósmico interdependiente e interconectado que tiene sus raíces en el Espíritu.

La realidad en los sueños es mucho más fluida y dinámica que la realidad física. Mientras que la perspectiva no convencional hace que el mundo físico sea "real" y el mundo de los sueños "irreal", los chamanes ven ambos como aspectos de la misma realidad cósmica. De hecho, dado que los estados oníricos y de sueño son más fluidos y dinámicos que el mundo real, puede decirse que es más fácil conectar con el espíritu en los estados de sueño que a través de la mente racional y consciente.

En el chamanismo, los sueños pueden representar cualquier cosa. Podría ser una visita de su guía espiritual, animal de poder o guardianes en un encuentro nocturno para darle un mensaje. Podrían venir a darle un consejo o asesoramiento. A veces, podrían visitarle en sus sueños con fines de enseñanza e iniciación.

De hecho, muchos chamanes han recibido su llamada a través de los sueños. Michael Harner (1929-2018) fue un chamán líder en el mundo moderno. Respaldado por años de experiencia como antropólogo, Michael Harner fundó el Centro de Estudios Chamánicos en 1983. Creó una lista de diez principios básicos de los sueños. Puede utilizarlos para comprender e interpretar sus sueños. Los diez principios básicos, según Michael Harner, son:

1. Los espíritus son reales y forman parte integral de nuestro mundo. Tiene que reconocer y comprender este concepto de que los espíritus están en todas partes y en distintas capacidades para entender e interpretar correctamente sus sueños.
2. Los espíritus forman y crean todos los sueños. Estos espíritus pueden ser los suyos propios o los de otras personas con las que se ha relacionado o interactuado.
3. Los espíritus actúan de diferentes maneras y tienen diferentes capacidades y preocupaciones. Los espíritus que aparecen en su sueño también podrían estar dándole diferentes mensajes que afectan a diferentes aspectos de su vida. Los espíritus utilizan signos y símbolos para comunicarse con usted.

4. Los espíritus que aparecen en el sueño podrían ser almas que ayudan o almas que sufren. Los que ayudan a su alma podrían ser sus guardianes o espíritus ayudantes.
5. Las almas sufrientes suelen venir no a ayudarle, sino a buscar su ayuda. Los sueños que contienen almas sufrientes (las que aún no han podido cruzar porque no han aceptado su muerte) suelen ser pesadillas, y usted podría despertarse con miedo.
6. Las pesadillas podrían ser sueños producidos por espíritus sufrientes, o podrían ser advertencias útiles. Un espíritu de ayuda también podría utilizar los sueños para advertirle de problemas de salud subyacentes que ha estado ignorando o de aquellos que aún no son visiblemente sintomáticos.
7. Las personas con espíritus robustos son más resistentes a los sueños de almas en pena que las personas con espíritus poco potentes. Si trabaja con su fuerza mental y espiritual, reducirá el riesgo de enredarse con almas sufrientes. El poder de su espíritu servirá de escudo protector que le mantendrá a salvo de los espíritus no deseados y dañinos.
8. Los espíritus guardianes aparecen en los grandes sueños, aquellos que ocurren repetidamente o que tienen un impacto tan poderoso que usted tiene un sueño de vigilia. Cuando estos espíritus guardianes aparecen en sus sueños, entonces traen mensajes claros y orientadores de la vida que pueden transformar su vida e incluso cambiar el curso de la misma.
9. Estos principios son aplicables a todo tipo de sueños, incluidos los de vigilia, los de sueño, las visiones y las ensoñaciones. Estos principios chamánicos pueden aplicarse a cualquier tipo de sueño espontáneo sobre el que no tenga control.
10. Puede utilizar la orientación de un practicante o guía chamánico o fusionando su espíritu con el de su guía espiritual para volver a ver el sueño y descubrir sus mensajes ocultos en signos y símbolos. Puede reimaginar su sueño no voluntario y captar conocimientos cruciales.

Interpretar sus sueños no es una tarea fácil. Primero tiene que aprender a dominar la habilidad de entender las metáforas desde una perspectiva espiritual. Utilice el siguiente ejercicio de yoga del sueño para aumentar su capacidad de recordar sus sueños. Cuando haya dominado este ejercicio, podrá pasar a los sueños lúcidos.

Yoga del sueño

Mantenga un bolígrafo y un cuaderno al lado de su cama antes de dormirse. Tome un vaso de agua y beba la mitad. Luego, dígase a sí mismo en voz alta: "Cuando me despierte, beberé la otra mitad y entonces recordaré mi sueño". Programe su reloj para que le despierte unos minutos antes de su hora real de despertar. Preferiblemente, utilice música suave en lugar de alarmas estridentes o el sonido de algún programa de entrevistas.

Si es probable que se despierte durante la noche para ir al baño, tenga cerca una grabadora para poder grabar cualquier sueño (interrumpido o completado) que haya tenido justo antes de despertarse. Inmediatamente después de levantarse por la mañana, beba el agua restante y recuéstese en su cama.

Cierre los ojos y deje que las imágenes de sus sueños se reproduzcan en su conciencia. Abra los ojos y anote lo que ha visto en su diario de sueños (más adelante en este capítulo se hablará de los diarios de sueños). Siga practicando esto a diario y pronto su capacidad para recordar sus sueños mejorará significativamente.

¿Qué es el sueño lúcido?

En un artículo de investigación titulado Los componentes volitivos de la conciencia varían entre la vigilia, el sueño y el sueño lúcido, publicado en enero de 2014 en la revista de los Institutos Nacionales de Salud por Martin Dresler y su equipo, el sueño lúcido se describe de la siguiente manera

"En contraste con la conciencia restringida del sueño normal, el raro estado del sueño lúcido se caracteriza por una conciencia plena que incluye todos los aspectos de orden superior: el sujeto que duerme ya no está engañado por la narración del sueño, sino que se vuelve plenamente consciente de la verdadera naturaleza de su estado de conciencia actual. Esta claridad intelectual similar a la de

la vigilia comprende un acceso restaurado a las funciones de la memoria, incluyendo una mayor disponibilidad de información relacionada con uno mismo y una agencia plenamente realizada, lo que permite al soñador ejecutar voluntariamente sus intenciones dentro de la narrativa del sueño. El sueño lúcido puede entrenarse, lo que convierte a este fenómeno en un prometedor tema de investigación a pesar de su rareza en sujetos no entrenados".

En el lenguaje común, el sueño lúcido es un sueño en el que usted es consciente de que está soñando y, por lo tanto, tiene el poder de controlar cómo sucede el sueño. La conciencia de los estados oníricos desempeñó un gran papel en las filosofías religiosas orientales, como el budismo. Aristóteles registró por primera vez el sueño lúcido en su obra titulada "Sobre los sueños". Aquí describió el "ser consciente" de soñar mientras se está en un estado de sueño. Entonces, ¿cómo saber si tiene un sueño lúcido? He aquí algunas indicaciones:

- Es consciente de que está dormido y soñando.
- Su sueño es muy vívido - como si estuviera ocurriendo realmente.
- Tiene algún tipo de control sobre su sueño, incluidos los acontecimientos y el entorno del mismo.
- Siente sus emociones intensamente.

El sueño lúcido nos permite llevar nuestra conciencia y conocimiento a nuestros sueños. Cuando aprende y domina el arte del sueño lúcido, el sueño no le "sucede". Puede guiar y dirigir sus sueños a medida que suceden. El sueño lúcido es una práctica chamánica muy utilizada. Los chamanes experimentados pasan entonces a técnicas de sueño avanzadas, entre las que se incluyen:

- Llevar su conciencia a un sueño sin sueños.
- Llevar la práctica del sueño lúcido a su estado de vigilia.

Los chamanes utilizan el sueño lúcido de todo el mundo para convocar a otros y reunirse en algún momento. A menudo utilizan los cristales para facilitar el sueño lúcido en su convención de sueños. Cuando comparan notas más tarde, se dan cuenta de que sí compartieron el mismo espacio psíquico y pueden recordar lo que otros hicieron y dijeron en la reunión de sueños. Puede utilizar estos consejos para comenzar su viaje de sueños lúcidos:

Seleccione un cristal o una piedra sin bordes afilados. Debería poder frotar sus manos mientras lo sostiene.

Antes de acostarse, establezca una intención clara para soñar de forma lúcida. Puede decidir qué quiere soñar. Puede ser cualquier cosa, incluso hablar con sus padres muertos, un paseo por la montaña, una visita a una escuela o universidad para recibir formación o asesoramiento, etc.

Mientras se concentra en su intención, sople sobre la piedra o el cristal que tiene en la mano y haga saber a su mente subconsciente que debe traer la imagen de esta piedra a su sueño. Ahora, sostenga la piedra en su mano.

Mientras duerme, la piedra caerá de su mano sobre su cama. Dese la vuelta, túmbese sobre ella y tómela de nuevo en la mano, reafirmando la intención de tener un sueño lúcido.

Siga practicando esto, y después de unas cuantas veces, verá aparecer la piedra en su sueño. Se dará cuenta de que está soñando mientras está en su sueño. Entonces, ahora está experimentando el sueño lúcido. Con el tiempo y la práctica diaria persistente, será capaz de guiar y dirigir sus sueños según sus necesidades y requerimientos.

Diario de sueños

¿Qué es un diario de sueños?

Un diario de sueños es como un diario reflexivo de sus sueños. Es un registro escrito de sus sueños y de sus experiencias en ellos. La mejor y más fácil manera de empezar un diario de sueños es simplemente escribir lo que recuerda de sus sueños. No se estrese por analizar o interpretar sus sueños en las etapas iniciales; simplemente escríbalos.

Además de utilizarlo para sus prácticas chamánicas, un diario de sueños puede servir para rememorar experiencias importantes y cruciales de su vida. Entonces, ¿cuáles son los beneficios de llevar un diario de sueños?

Beneficios del diario de sueños

Le ayuda a recordar sus sueños y a mejorar su memoria en general. Los sueños son fugaces, y cuanto más retrase el registro de sus sueños desde que se despierta, menos los recordará. Lo mejor es hacer anotaciones en su diario de sueños tan pronto como se despierte. Más tarde recordará más cosas cuando lea sus cavilaciones iniciales. Cuanto más detallados sean los apuntes de sus sueños, más estará ejercitando los músculos de su memoria.

Mejora la comprensión de sus pensamientos y emociones. Los sueños afectan a nuestra forma de pensar y sentir. Cuando nos despertamos de un sueño feliz, nuestros sentimientos y pensamientos son felices. Cuando nos despertamos de una pesadilla, las emociones negativas nos vuelven locos. Anotar sus sueños le ayuda a comprender mejor sus sentimientos y pensamientos. Le ayudará a identificar los desencadenantes que provocaron los pensamientos y emociones difíciles, lo que, a su vez, le ayudará a afrontarlos mejor.

Mejora la capacidad de los sueños lúcidos. El sueño lúcido, como ya sabe, es una práctica chamánica clave. Cuanto más lleve un diario sobre sus sueños, más poder tendrá sobre sus sueños lúcidos. El sueño lúcido le ayuda a profundizar en su mente subconsciente, una cualidad clave de un buen chamán.

Cómo iniciar y mantener el hábito de escribir un diario de sueños

No pierda el tiempo esperando el momento oportuno. Comience a escribir hoy mismo. Mantenga el bolígrafo y el papel junto a su cama esta noche y comience a tomar notas de su sueño. Aunque no recuerde nada, al menos escriba: "No recuerdo mi sueño".

Poner este pensamiento en el papel desencadenará algo en su mente subconsciente, y habrá al menos algunos elementos de su sueño del día siguiente que recordará. Ponga ese recuerdo en el papel inmediatamente. No ponga tiempo entre el despertar y la escritura. Hágalo inmediatamente.

Haga sus anotaciones tan detalladas como sea posible. Asegúrese de escribir todos los detalles, incluyendo:

- El lugar del sueño.
- ¿Quién está o estaba con usted?
- ¿A qué hora fue?
- ¿Qué estaba ocurriendo?
- ¿Qué sonidos escuchó?
- ¿Qué colores vio?
- ¿Qué emociones sintió?

Escriba todas sus sensaciones. En los primeros días de llevar un diario de sueños, puede resultarle difícil incluir todos los detalles. Pero, con la práctica, verá que su capacidad para recordar cada pequeño detalle de su(s) sueño(s) mejora significativamente. Debe incluir tantos detalles como sea posible porque estos detalles facilitan el análisis y la comprensión de sus sueños más adelante. Si es un buen artista, puede incluso dibujar las escenas que vio en sus sueños. Dibuje y escriba si lo desea, e imagine sus sueños tan vívidamente como pueda.

Compare los acontecimientos de su sueño con las experiencias de su vida de vigilia. Este paso es uno de los primeros que puede dar para intentar analizar sus sueños. Lleve su diario mientras realiza su trabajo diario y escriba notas sobre su vida de vigilia. Después, escriba lo que ha visto en sus sueños cuando se despierte a la mañana siguiente. ¿Hay alguna similitud? ¿Algo de su vida de vigilia desencadenó su sueño esa noche?

A la inversa, ¿el sueño de la noche anterior desencadenó alguna experiencia en su vida de vigilia ese día? Puede utilizar el anticuado diario en papel para hacer sus anotaciones, o puede crear una copia en el ordenador. Incluso existen aplicaciones móviles para este fin. Puede utilizar cualquiera de ellas. Simplemente empiece a tomar notas y se sorprenderá de lo mucho que se entrelazan sus vidas de vigilia y de sueño, como le dirá cualquier buen chamán experimentado.

Por último, cuando haga anotaciones en su diario de sueños, utilice siempre el tiempo presente, como si el sueño estuviera ocurriendo ahora mismo. Mantenga el tiempo presente, aunque las imágenes sean borrosas o poco claras. Este enfoque aumenta el poder de recuerdo. Cuanto más lo haga, más sincronizados estarán su mente consciente y su subconsciente, haciendo que recordar los sueños sea más fácil que antes.

Viaje al Mundo Superior

El viaje al Mundo Superior suele realizarse después de haber logrado el dominio de los viajes básicos al Mundo Inferior y al Medio. Los sueños lúcidos, los diarios de sueños y llevar el estado de los sueños a la vida de vigilia son prácticas que le prepararán para sus viajes al Mundo Superior. He aquí algunas indicaciones que le ayudarán a iniciarse.

Al igual que tuvo un animal de poder que le ayudó a explorar y comprender los mundos inferior y medio, tendrá uno para sus viajes al mundo superior. Será invariablemente un pájaro, como un halcón o un águila, con el poder de volar alto y de enseñarle a mirar el panorama general para que pueda poner su propia vida en perspectiva.

Siéntese cómodamente en un estado de tranquilidad y sin perturbaciones. Tranquilice su mente y entre en un estado de sueño lúcido si ha dominado esa lección. Haga que su intención sea fuerte respecto a su viaje al Mundo Superior. ¿Qué quiere hacer una vez que esté allí? Por ejemplo, es habitual que los chamanes quieran reunirse con sus padres celestiales en el Mundo Superior en un primer viaje. Podemos utilizar esta intención para este ejercicio.

Establezca su intención de reunirse con sus padres celestiales. Cierre los ojos e imagine el eje del mundo frente a usted, con sus vastas ramas y su tronco listos para recibirle. Las raíces se adentran en la tierra. Visualice su cuerpo astral subiendo por el tronco o, alternativamente, imagine que sube por una alta escalera colocada dentro del tronco de este árbol.

Experimente que sube por la escalera. Imagínese que es un paseo fácil, ya que la escalera es amplia y cómoda. Visualice que llega a la cima del árbol y que va más allá de las nubes. Mire a su alrededor, encuentre una nube sólida y ponga su pie sobre ella. Imagínese que esta nube flota en el cielo y le lleva a una puerta en el extremo más lejano del cielo. Bájese de la nube, acérquese a la puerta y llame a ella. El guardián abrirá la puerta. Pida su permiso para entrar. Exponga su intención de visitar el mundo superior.

Cuando le dé permiso para entrar, cruce el umbral y espere allí. Pida al guardián de la puerta que le lleve hasta sus padres celestiales. Mientras camina con él por el sendero flanqueado por nubes blancas y ligeras, visualice dos luces que se acercan a usted. Cuando se acerquen, se dará cuenta de que son sus padres celestiales, los espíritus que no tienen forma ni figura. Hable con ellos y hágales preguntas como: "¿Son ustedes, mis padres celestiales?". O "¿Qué relación tienen conmigo?" O "¿Son ustedes mis padres?".

Al comunicarse con las dos luces, notará cómo sus pensamientos se funden con los de ellas. Se dará cuenta de que se ha convertido en uno con ellos, y que no hay nada que le separe de ellos. Es como si hubieran entrado en su cuerpo y se hubieran convertido en parte de su espíritu.

Sus padres celestiales son los que conocen el verdadero propósito de su vida. Pregúnteles qué acordó ser antes de nacer en la Tierra. Pídales que le digan cuál era el propósito de su espíritu antes de fusionarse y dar vida a su cuerpo físico. ¿Para qué viniste aquí? ¿A qué sirve?

Si se ha desviado del propósito original, pídales que le guíen para ayudarle a retomar el camino. Cuando haya hecho todo lo que tenía que hacer, dé las gracias a sus padres celestiales y deles permiso para irse. Pídales también permiso para irse. Acompañe al guardián de la puerta de vuelta al portal. Suba de nuevo a la nube, que le espera al otro lado de la puerta, y encuentre el camino de vuelta a su verdadero hogar.

Cuando haya terminado, tome lentamente conciencia del mundo físico que le rodea. Abra los ojos y fíjese en todo. Mueva sus miembros lentamente y recupere la sensación de sentir. Tómese las cosas con calma porque es fácil desorientarse después de su primer viaje al mundo superior. Vuelva a su mundo real y saque sus lecciones de lo alto, que le ayudarán a llevar una vida significativa, con propósito y auténtica, pensada para usted.

TERCERA PARTE: PLANTAS SAGRADAS ALIADAS

Capítulo 11: ¿Qué son las plantas espirituales?

Este capítulo dará detalles sobre el uso de las plantas como aliadas o incluso como maestras. En todas las culturas chamánicas, todo y todos tienen poderes medicinales inherentes que contribuyen y ayudan al cosmos de forma crucial. Las plantas tienen inmensos poderes medicinales, que se manifiestan a algunas personas energéticamente poderosas a través de su conciencia combinada.

Por ejemplo, el sauce contiene la medicina de la paz. Incluso desde el punto de vista médico, el sauce se utiliza para fabricar aspirinas, un potente analgésico. Del mismo modo, las hayas guardan la medicina de la tolerancia. La capacidad de ver y sentir el poder medicinal de las plantas puede desarrollarse si se está dispuesto a ir más allá de las limitaciones de la dimensión física. Antes de adentrarnos en las profundidades de las plantas espirituales, expliquemos el concepto de conciencia vegetal en el chamanismo.

El chamanismo y la conciencia de las plantas

Los seres humanos vivían en armonía con los reinos vegetal y animal en el mundo antiguo. Los chamanes consideraban a las plantas como conscientes, sensibles, vivas, inteligentes y dotadas de poderes curativos naturales. Los chamanes de las tribus se convirtieron en poderosos líderes espirituales gracias a su capacidad para comunicarse con las plantas de forma eficaz y utilizar su inteligencia para conocer sus poderes curativos para uso humano.

El concepto de los espíritus de las plantas ha sobrevivido desde la Edad de Piedra a través del folclore, los rituales y las enseñanzas espirituales transmitidas oralmente de maestro a alumno. Los curanderos tradicionales del Amazonas, los curanderos actuales e incluso los practicantes de esencias florales y homeopáticos creen en el poder de la conciencia de las plantas.

Casi todas las formas de chamanismo extendidas por el mundo creen en la idea de que las plantas pueden hablarnos y aconsejarnos, sobre todo en materia de curación. Las plantas nos llaman, y podemos oír esta llamada si escuchamos. He aquí algunas indicaciones sobre cómo puede empezar a trabajar con las plantas.

- **Encuentre a su aliado vegetal**

Lo primero que hay que hacer es hacer un viaje a la naturaleza y encontrar a su aliado vegetal. Todo lo que tiene que hacer es caminar en medio de la naturaleza, manteniendo sus sentidos abiertos y agudos para poder recibir los mensajes que las plantas están tratando de enviarle. No es necesario que lo encuentre. Basta con mantener la mente abierta y dar un paseo, y su planta le encontrará.

Antes de salir de viaje para encontrar a su planta aliada, establezca una intención poderosa. La energía de su intención impulsará su viaje. Este viaje por la naturaleza consiste en encontrar a su planta aliada, aprender sobre sus poderes curativos y cómo puede utilizarse para sanar el cuerpo, la mente y el espíritu. Suele considerarse una práctica buena y cortés llevar algo para ofrecer a la planta como regalo de vuelta por sus poderes curativos.

- **Práctica chamánica de contemplar las plantas**

Cuando haya encontrado a su planta aliada, o más bien cuando ella le haya encontrado a usted, pase un tiempo contemplándola. Y mientras lo hace, visualice su conciencia fusionándose con la de la planta. Con esta fusión, podrá sentir e imbuirse de los poderes curativos de la planta.

Mediante la práctica diligente y refinando y mejorando conscientemente nuestra conexión con la conciencia del planeta, podrá cruzar la frontera que separa el mundo físico de los reinos de conciencia superior de la vida vegetal. Cuando cruce al otro lado, podrá reconocer la conciencia y la esencia de la planta y cómo sus poderes curativos pueden imbuirse en su alma.

- **Tratar a las plantas con respeto y amor**

La idea de la conciencia de las plantas nos remite a la creencia chamánica original de que todas las cosas del cosmos están entrelazadas entre sí, incluida la vida vegetal. La investigación ha demostrado que las plantas tienen emociones, sentimientos e inteligencia.

Un artículo publicado en "Comunicaciones de Investigación bioquímica y biofísica" en julio de 2021, titulado "La información integrada como posible base de la conciencia de las plantas", demuestra que las plantas, a través del proceso evolutivo, han *"conservado una capacidad consciente, aunque la fuerza y el tamaño de esta capacidad estén aún por medir y determinar"*.

Por tanto, las plantas pueden percibir nuestras intenciones y pueden responder a nuestras acciones. La fuerza de su intención desempeña un papel fundamental a la hora de despertar el espíritu vegetal de la planta elegida. Además, las plantas deben ser tratadas con amor y respeto porque crecen y florecen bajo la influencia de estas poderosas emociones.

Se cree que las plantas son infinitamente compasivas y no dudan en llamarnos y bailar con nosotros para que su conciencia se fusione con la nuestra, y con esta acción, sus poderes curativos pueden ser aprovechados para nuestro uso. Solo necesitamos atender a su llamada cuando nos llamen.

Chamanes del vegetalismo

El vegetalismo se refiere al "chamanismo mestizo" practicado ampliamente entre las tribus de la Amazonia peruana. Mestizo es una clasificación racial que se refiere a las personas con ascendencia combinada europea e indígena americana. Estos chamanes son conocidos como "vegetalistas" y obtienen sus conocimientos chamánicos y habilidades curativas de las plantas de la región, denominadas colectivamente "vegetales". Muchos de los vegetalistas se impregnan del poder de los vegetales alcanzando un estado chamánico mediante la ingestión de ayahuasca, un potente alucinógeno.

Vegetalistas es un término que se utiliza para distinguir a los chamanes "de plantas" de otros curanderos como los espiritas (curanderos de espíritus) y los oracionisitas (o curanderos de oración). Los vegetalistas tienen que demostrar su valía a las plantas antes de poder obtener poderes curativos. Se someten a una severa penitencia, y a menudo se aíslan durante seis meses en las profundidades del desierto.

Durante este periodo de aislamiento, los novatos ayunan durante días hasta que las plantas confían en su valía y en su verdadera intención de aprender de ellas. Abandonan el sexo, el aceite, la grasa y el consumo de azúcar y viven con cantidades extremadamente limitadas de alimentos. Los chamanes mestizos creen que a las plantas no les gusta el olor que emiten los seres humanos, por lo que necesitan hacer ayunos para purificarse y que las plantas les den permiso para acercarse. Esta dieta se denomina "La Dieta", durante la cual se abstienen también de mantener relaciones sexuales para deshacerse del olor del sexo humano, que los espíritus de las plantas consideran ofensivo y vil.

Además, los chamanes que necesitan ingerir la planta permanecen fieles a ella mientras la comen (asegurándose de no comer nada más). La ingesta en el cuerpo permite que las plantas enseñen sus lecciones de curación desde dentro. Los chamanes asumen los olores y los poderes de las plantas con las que se comunican y se impregnan de los espíritus de las plantas.

Cuando los neófitos se han ganado el amor y la confianza de las plantas, los espíritus de las plantas se les aparecen en sus sueños o visiones, y es entonces cuando aprenden los secretos más profundos de las mismas, o los icaros (canciones protectoras y curativas de la planta). El icaro es una melodía o canto mágico que se recibe como regalo de los espíritus de las plantas después de ganarse su amor y confianza. Esta canción se canta o entona durante el ritual de curación, y solo pertenece al curandero que la ha recibido directamente de la planta.

Los vegetalistas también reciben otros regalos de las plantas y de otros vegetalistas mayores de su tribu. Estos poderes se otorgan cerca de la finalización de la severa penitencia de ayuno y aislamiento.

Estos poderes incluyen:

La Flema - Es una sustancia mágica parecida a la saliva, también llamada "yachay", y representa la concreción del poder curativo del chamán. La Flema se almacena dentro del cuerpo del chamán. Fuman "mapacho", un tabaco fuerte con alto contenido de nicotina, para hacer crecer La Flema en su cuerpo.

Los curanderos también almacenan dardos mágicos (o "virotes") en La Flema. Los virotes son pequeños dardos envenenados que se utilizan como proyectiles patógenos. Algunos chamanes muy poderosos almacenan una forma enrarecida de virotes llamada "mariri". Los chamanes utilizan el mariri para extraer venenos y enfermedades del cuerpo de los pacientes. Los chamanes soplan el mariri de sus cuerpos para liberar su poder, que puede curar o matar.

Plantas espirituales

Una pregunta interesante antes de aprender qué es una planta espiritual y cómo encontrar su planta espiritual sería: "¿Cómo es posible que haya plantas espirituales?". La respuesta a esta pregunta se basa en el principio chamánico fundamental de que todo en el cosmos está interconectado. Todos somos seres vibratorios que vibran a diferentes frecuencias. Por lo tanto, usted puede encontrar su equivalente vibracional en cualquier existencia. Así que, al igual que ha encontrado animales espirituales, puede encontrar sus plantas espirituales.

Su planta espiritual es su equivalente vegetal, una planta cuyo espíritu vibra en la misma frecuencia que su espíritu. Cuando las dos frecuencias se fusionan, se puede hacer un uso bueno y eficaz de la poderosa energía que resuena. No hay plantas espirituales mejores o peores. Alguien con una planta rosa como planta espiritual no es mejor ni peor que alguien cuya planta espiritual es un roble o incluso un arbusto espinoso. Lo que importa es que coincida con su frecuencia.

Su planta espiritual es la expresión de su esencia central. Representa su auténtico yo y contiene la medicina que puede compartir con el mundo. El plano de su planta espiritual se solapa con el plano de su trayectoria vital. Conocer y aprender sobre su planta espiritual le ayudará a comprender el propósito de su vida y su trayectoria vital y a hacer correcciones si se ha desviado de ella.

La personalidad exterior de una persona no siempre refleja su verdadera esencia. Además, el odio a sí mismo, los asuntos reprimidos y no resueltos que yacen enterrados en su mente subconsciente, etc., pueden impedirle encontrar su planta espiritual. Además, el gran volumen y número de plantas disponibles en este planeta hacen que sea muy difícil encontrar su planta espiritual.

Por lo tanto, la mejor manera de enfrentarse a todos estos retos es trabajar con la idea de que usted no puede elegir su planta espiritual, pero ella sí puede elegirle a usted. Dado que es una equivalencia vibratoria de su conciencia, la planta aparecerá a menudo en su vida, incluso si no se ha parado a notarlo.

Así pues, empiece por ser más consciente y estar más atento a las plantas de su vida. Observe más de cerca que antes las plantas y los árboles que han contribuido a su vida. Tarde o temprano, la frecuencia de la planta conectará con la suya poderosamente, y usted notará la diferencia cuando la conexión se produzca. Desde su perspectiva, suelte el ego que impide que su auténtico yo establezca una conexión con la planta espiritual.

Cuando haya identificado su planta espiritual, averigüe y aprenda todo sobre ella. ¿Cuáles son los rasgos de esta planta que coinciden con su auténtico yo? ¿Qué poderes medicinales tiene la planta? ¿Son estos poderes complementarios o están alineados con los suyos? Medite con la planta. Visualice su proceso de crecimiento y tome nota de sus puntos fuertes y débiles. Observe si estos puntos fuertes y débiles se reflejan en usted mismo.

Viva su vida rodeada de cosas que le recuerden y le mantengan conectado con su planta espiritual. Llame a su energía para que le despierte a usted y a su poder chamánico. Apodérese del poder de la planta y de sus cualidades medicinales. Son suyas para que las tome porque la planta quiere compartirlas con usted. Respétela y reverénciela, y dé las gracias por ser la elegida.

Plantas tótem

Los chamanes también pueden tener una planta tótem que puede ser un amigo, un protector, un equilibrador, un compañero o un guía. Las plantas tótem difieren de las plantas espirituales y no debe confundirlas. Normalmente, la planta favorita de un individuo se convierte en su planta tótem, mientras que una planta espíritu vibra en la misma frecuencia que su espíritu.

Los chamanes, o incluso los no chamanes, pueden tener varias plantas tótem. La gente, a sabiendas o no, tiende a sus plantas tótems en mayor medida y obtiene de ellas los máximos beneficios físicos. Esto sucede porque el flujo de energía de las plantas tótem se fusiona con nuestro cuerpo y sana cada célula y tejido desde lo más profundo.

Al igual que las plantas espirituales, encontrar sus plantas tótem también puede ser muy confuso y alucinante. Por lo tanto, lo mejor es mantener el cuerpo, la mente y el alma abiertos para recibirlas cuando le elijan. Sin embargo, puede hacer algunos ejercicios básicos para encontrar sus tótems. Hágase estas preguntas:

- ¿Hay plantas que siempre han permanecido en mi vida, aunque no me haya fijado en ellas?
- ¿Los amigos y la familia me regalan siempre una planta concreta de forma repetida, a menudo sin ton ni son?
- ¿Aparecen estas plantas en mi vida, especialmente durante los hitos importantes?

Si algo de lo anterior es correcto, entonces la planta puede ser su planta tótem. A veces, puede tener más de una planta tótem. Además, dé un paseo por la naturaleza y vea si puede conectar con las plantas. Vea si algún arbusto, hierba o árbol en particular le llama. ¿Se siente atraído por alguna planta? Los resultados de estos ejercicios no suelen ser inmediatos. Tómese su tiempo, sea paciente y permita que la naturaleza coloque sus plantas tótem en su vida.

Plantas de sombra

Las plantas de sombra, también llamadas plantas tótem de sombra, son aquellas que resuenan con la frecuencia del aspecto más negado, rechazado y repudiado de la persona en su conciencia. El mismo proceso descrito en "Plantas espirituales" es válido para encontrar sus plantas tótem y plantas tótem de sombra.

Encontrar sus plantas tótem de sombra requiere que profundice en su mente y encuentre qué aspectos de su vida niega o elige rechazar. Con esta información, podrá encontrar plantas cuyas propiedades estén conectadas con estos aspectos de su vida.

El mundo del chamanismo está plagado de historias sobre cómo los chamanes encuentran su espíritu, su tótem y sus plantas de sombra. La historia de Regina es un ejemplo de ello. Nacida y criada en un entorno urbano, Regina tenía muy poca relación con las plantas, excepto las hierbas y unas pocas plantas de interior en maceta que su madre tenía en su pequeño piso del Bronx, incluida una pequeña maceta de aloe vera que estaba casi escondida detrás de las más grandes.

Un día, cuando Regina tenía unos 16 años, tuvo una pelea con sus compañeros de clase, una pelea física por algún asunto de novios. Estaba muy magullada y llegó a casa sintiéndose física, mental y emocionalmente herida. Su madre no había regresado del trabajo, así que se sentó sola en su apartamento, mirando por la ventana, con las lágrimas cayendo por sus mejillas.

Su mano sangrante estaba en el alféizar. De repente, sintió que una gota de algo frío caía sobre la herida de improviso. Miró hacia abajo y se dio cuenta de que había caído una gota de savia de la planta de aloe vera. Estaba bastante sorprendida porque parecía que un pequeño tallo de esa planta se había arqueado sobre las otras plantas para permitir que una gota de savia curativa cayera sobre la mano de Regina. El tallo parecía mucho más largo que los otros tallos de la planta.

Al cabo de una hora, el dolor del hematoma se redujo considerablemente y, como por arte de magia, al día siguiente, su mano estaba casi completamente curada. Se sintió abrumada por este episodio. Habló de ello con su madre, que le dedicó una sonrisa significativa. "Supongo que nuestras raíces han empezado a brotar", le dijo.

"No dejes de interactuar con la planta de aloe vera. Quizá esté intentando enviarte un mensaje", continuó su madre. A partir de ese día se sentaba frente al aloe vera y le hablaba. Parecía saber cómo hablar con ella, y la planta siempre respondía a sus pensamientos. Este fue el comienzo del viaje de Regina hacia el chamanismo. Su abuela y su bisabuela eran poderosas curanderas pertenecientes a una antigua tribu de nativos americanos. Y la planta de aloe vera le recordaba esto para poder llevar el legado adelante.

Capítulo 12: Conexión con las plantas aliadas

Así que, ahora que ha identificado sus plantas espirituales, tótems y tótems de sombra, este capítulo está dedicado a darle consejos y trucos para establecer conexiones poderosas con sus aliados y espíritus de las plantas.

La primera duda que se le plantea a cualquier novato a la hora de comunicarse con las plantas es: "¿Todo el mundo puede hablar con las plantas?" o "¿Solo los que han alcanzado altos niveles de espiritualidad pueden hacerlo?". La respuesta a esto es sencilla. Cualquiera puede hablar y comunicarse con las plantas.

La interacción con los espíritus de las plantas aumenta su espiritualidad. Por ello, quienes han alcanzado altos niveles de espiritualidad incluyen ejercicios de comunicación con las plantas desde el principio de su viaje espiritual. Así que, sí, cualquiera puede hablar con las plantas y sus espíritus, y estas interacciones profundizan su espiritualidad. A un chamán experimentado le resultará más fácil que a un principiante comunicarse con las plantas, y eso es todo.

La siguiente pregunta para los novatos es: "¿Pueden las plantas oírnos?". Y la respuesta a esto es un rotundo sí. Pueden oírnos. Puede volver a leer los estudios científicos mencionados en los capítulos anteriores sobre las plantas y su capacidad para conectar con nosotros, sentir y comprender. La comunicación con las plantas se realiza de forma telepática y no de la forma habitual en que lo hacen los humanos entre sí.

Hablar con las plantas aliadas

Y recuerde que no está hablando con el cuerpo de la planta, sino con su conciencia. Esto también es cierto cuando hablamos con otras personas. No estamos hablando con el cuerpo de la persona, sino con el espíritu de la persona que la hace vivir. Del mismo modo, usted está hablando con el espíritu de la planta.

Por lo tanto, no verá que se mueven las bocas ni las expresiones faciales. Pero entenderá sus respuestas y sus mensajes. Hablar con las plantas es un sistema de comunicación sutil. A menudo, los chamanes oyen una voz en su cabeza, o pueden ver imágenes, o pueden percibir un olor familiar, o a veces, pueden recibir señales y símbolos de las plantas.

No hay nada complejo en hablar con sus plantas espirituales. No necesita rituales complejos para establecer un canal de comunicación entre usted y sus plantas espirituales. Mírelo de esta manera. ¿Tiene que entregarse a complejos rituales para hablar con su amigo, guía o filósofo? Lo más probable es que fije una cita, incluso si ambos están ocupados y quieren mantener una larga conversación sobre algo concreto, decida qué preguntas quiere hacerles y, a continuación, simplemente vaya a hablar a la hora fijada. De hecho, si se trata de su mejor amigo, puede que ni siquiera necesite concertar una cita.

El mismo principio es válido cuando se comunica con los espíritus de sus plantas. Siempre que respete y trate a la planta con dignidad y honor, puede empezar a comunicarse con ella. Para la primera conversación, solo tiene que seguir la misma etiqueta que seguiría cuando habla por primera vez con un extraño.

Antes de iniciar la conversación con su planta, asegúrese de encontrar un lugar cómodo, tranquilo y sin molestias. Puede ser una zona apartada en el barrio, un lugar tranquilo en la naturaleza, etc. Recuerde que debe elegir un lugar en el que las multitudes y otros ruidos no puedan distraer su conversación. Haga lo que más le convenga.

Incluso puede hacerlo en la intimidad de su casa. ¿Recuerda a Regina del capítulo anterior? Ella comenzó su conexión con los espíritus de las plantas en su pequeño piso con la planta de aloe vera que tenía en el pequeño alféizar de la ventana. De hecho, podría tener una conexión más estrecha con las plantas de la casa porque comparte el espacio vital con ellas. Es posible que sus espíritus ya se hayan entrelazado entre sí. Los chamanes creen que todas las plantas están vivas y tienen un espíritu o conciencia.

Lleve un diario para tomar notas mientras conversa con sus plantas. Puede utilizar su diario o tener uno especial solo para este propósito.

Si comienza este ejercicio con una planta en maceta en su casa, podría comenzar ordenando la zona que rodea a la planta, regándola (si es necesario) o arreglando la superficie del suelo. Tal vez, pueda añadir una capa de tierra nueva a la maceta. Demuestre a la planta que la cuida y la quiere.

Haga las preguntas que quiera. Puede hablar en su mente o hacer sus preguntas en voz alta. Lo único que importa es sentirse cómodo y aceptar la situación. Por ejemplo, puede hacer una simple pregunta a la planta: "¿Te sientes cómoda?". Puede que escuche o no un "sí" claro, o puede que tenga una sensación visceral sobre cómo se siente la planta.

Dé tiempo a la planta para que responda si tiene la sensación de que no quiere hablar con usted, agradézcale que le haya dado la oportunidad y aléjese. Puede volver a intentarlo al día siguiente. No debe tomarse la respuesta de la planta como algo personal. Recuerde que no todos los extraños quieren empezar a hablar inmediatamente. Algunos tardan en acercarse. O puede ser que la planta no esté en ese momento de humor para conversar.

Sin embargo, la mayoría de las plantas están encantadas de hablar y le enviarán una señal sobre su disposición de una forma u otra. Incluso si no quieren hablar, escucharán su versión de la conversación. Por lo general, los espíritus de las plantas son agradables, a menos que hayamos hecho algo que las perjudique.

Si la planta quiere hablar (y créame, lo sabrá), siéntese tranquilamente cerca de ella y medite. Despeje su mente, conecte con sus sentidos. Observe cada detalle de la planta. Observe el grosor de su tallo y sus ramas. Observe sus flores, vea cómo se asienta en la maceta. Observe cómo las raíces se adentran en la tierra. Encuentre respuestas a las siguientes preguntas:

- ¿Qué siente?
- ¿Qué ve?
- ¿Qué oye?
- ¿Qué puede oler o saborear?

Escriba estas respuestas en su diario. Tome notas incluso si está en un entorno familiar como su casa. Escribir aumenta su capacidad de percibir las cosas. Pida permiso a la planta para tocarla. Espere su respuesta y luego tóquela si tiene la sensación de que ha respondido positivamente a su petición. Algunas preguntas sencillas que puede hacer a la planta al iniciar la conversación son las siguientes

- ¿Puedo tocarte?
- ¿Puedo sentarme contigo?

Cuanto más se detenga en estas preguntas y medite con ellas, más profunda será su conexión con las plantas. Cuando haya formulado la pregunta, esté atento a las señales y signos que le envía la planta. Puede ser una visión, o que sus ojos se posen en un objeto cercano, y que algo haga clic en su cabeza, y la respuesta llegue a usted.

A veces, no es necesario hacer preguntas. Puede simplemente comenzar a hablar de sí mismo. Puede decirle a la planta lo mucho que la valora en su vida. Puede explicar por qué cree que las plantas son importantes para usted. De nuevo, puede mantener la conversación en su mente o hablarle en voz alta.

Desarrollar sus sentidos clari

Los sentidos clari son muy útiles en su capacidad para establecer conexiones con sus aliados vegetales. Los sentidos clari se utilizan para comunicarse con los espíritus y seres no humanos. Pueden compararse con un lenguaje diferente que utilizan los árboles y las plantas para comunicarse con nosotros. Los sentidos clari son de tres tipos principales:

- **Clarividencia**

La clarividencia es el poder de recibir mensajes en forma de símbolos y signos que le dan pistas sobre significados ocultos. Las personas clarividentes reciben señales y pistas visuales de la planta que intenta comunicarse con ellas. Tomemos un ejemplo para ilustrar esto.

Supongamos que le pregunta a su planta: "¿Cómo te sientes hoy?". O: "¿Necesitas algo?". Puede que la planta le envíe una visión de un lago que visitó hace unos años, o que reciba una visión de un pozo. Esta visión puede significar que la planta le está pidiendo que la riegue. Si no está seguro, puede hacer una pregunta de seguimiento como: "¿Necesita agua ahora?". Vea qué respuesta obtiene. Tal vez, la visión del lago incluya ahora el agua que sale a su orilla. Esto podría significar que la planta necesita el agua ahora mismo. Siga conectando con la planta y siga buscando pistas visuales, y su poder de clarividencia mejorará con la práctica persistente.

- **Clarisentencia**

Se trata de un sentimiento o sensación que recibe en alguna parte de su cuerpo. Si siente calor o frío sin ningún desencadenante externo o ambiental, se trata de un mensaje recibido a través del poder de su clarividencia. La sensación también puede estar en sus entrañas.

Por ejemplo, si le ha hecho una pregunta a la planta, podría sentir un cálido resplandor de felicidad que se extiende por todo su cuerpo. En función de su pregunta, podrá determinar la respuesta de la planta. A veces, las sensaciones y los sentimientos podrían ser muy sutiles, y otras veces, podrían ser inusualmente fuertes y potentes.

De nuevo, tomemos un ejemplo para entender cómo puede interpretar la respuesta. Supongamos que le pregunta a la planta cómo se siente, y usted siente calor en todo el cuerpo. Podría ser que la planta esté tratando de decirle que está recibiendo un exceso de luz solar.

- **Clariaudiencia**

En este sentido clari, recibirá indicaciones a través de palabras, ya sea en palabras sueltas o frases cortas y a veces incluso en frases completas. Cuanto más conecte con las plantas, y si su clariaudiencia está bien desarrollada, más palabras fluirán del espíritu de la planta a su conciencia. Entonces podrá decir estas palabras en voz alta y grabarlas. Puede reflexionar sobre estos mensajes para comprender lo que la planta está tratando de decirle. De nuevo, no dude en reconfirmar su comprensión del espíritu de la planta.

Ejercicio de mirada chamánica

El concepto de mirada se mencionó brevemente en el capítulo anterior. Aquí profundizaremos en esta práctica chamánica. En el chamanismo, se da mucha importancia a la mirada porque se cree que el proceso de mirar abre nuestra visión a dimensiones superiores a través de la frecuencia creciente de la luz.

Cuando usted mira fijamente algo, su velocidad de conciencia se vuelve tan rápida que se mueve a cada momento, ayudándole a permanecer en el presente. A esta velocidad, no está cargando con el equipaje del pasado ni se mueve a un ritmo que vaya más allá del momento presente. Sin el bagaje de percepciones pasadas, su comportamiento cambia radicalmente.

Contemplar las plantas es un hermoso viaje para enamorarse de ellas y recorrer la vida en su compañía. Utilice estos pasos para contemplar las plantas y no solo construirá su conexión con ellas, sino que también desarrollará su capacidad para moverse hacia dimensiones más elevadas a través del poder de la atención plena precisa.

- Elija su planta espiritual. Colóquela frente a usted en un ángulo cómodo.

- Siéntese cómodamente y respire profundamente un par de veces para despejar su mente por completo.
- Deje que sus pies toquen el suelo y comprenda que es la misma tierra en la que crece su planta.
- Mire a su planta con ojos suaves y relajados. Mire con naturalidad, parpadeando como de costumbre. Asegúrese de que sus músculos faciales están relajados. Prepare su mente para mirar y meditar durante unos 10 a 15 minutos.
- Mire fijamente su planta como si la viera por primera vez. Descubra su aspecto. No etiquete lo que ve y siente. Solo observe.
- Concéntrese en las hojas, el tallo, las raíces y todo lo demás de la planta.
- Fíjese en las formas únicas que forman las distintas partes de la planta. Observe cómo algunas partes están unidas en algunos lugares. Fíjese en cómo otras partes están libres por todos los lados excepto en un punto.
- Observe sus colores, texturas y fragancias. Sienta cómo su energía vibra con la suya.
- Es probable que se distraiga con otros pensamientos. Obsérvelos, no los consienta y luego déjelos ir. Vuelva a centrar su atención en la planta.
- Cuando esté satisfecho con la experiencia de contemplación, dé las gracias a la planta. Cierre los ojos y vea su imagen en su mente interior.
- Ahora, abra los ojos y recupere la conciencia del entorno.

Haga este ejercicio de contemplación tan a menudo como pueda. Notará que su conexión con sus plantas espirituales mejora considerablemente.

Capítulo 13: Plantas sagradas que sanan

Este capítulo funcionará como un glosario detallado que examina las plantas medicinales ancestrales más importantes de los chamanes para sanar el cuerpo y el espíritu de las energías negativas u otras enfermedades espirituales. Es imperativo que antes de utilizar cualquiera de las plantas medicinales mencionadas en este capítulo para tratar cualquier enfermedad grave, debe hablar con un médico cualificado y obtener su aprobación.

Las plantas medicinales y su uso varían de una tribu a otra. Hablaremos de las plantas más populares, accesibles y comunes, especialmente las que se utilizan para desterrar las energías negativas. Antes de arrancar o cosechar estas hierbas, hay que pedir permiso para hacerlo. Esto puede hacerse como una oración o afirmación que puede decir en voz alta antes de arrancar la parte de la planta.

Ciertas plantas y hierbas se han utilizado para transformar y desviar las energías negativas desde hace siglos. La razón por la que esto ocurre es que la frecuencia vibratoria del espíritu de la planta tiene este poder. He aquí algunas de las plantas más comunes cuyos poderes vibratorios le ayudarán en su viaje chamánico:

- **Salvia**

La salvia ha sido la planta a la que se recurre en el chamanismo desde hace miles de años, especialmente para neutralizar las energías negativas. Los nativos americanos de Norteamérica siempre han utilizado el humo de la salvia blanca con fines de limpieza. El humo emite iones negativos y tiene los mismos efectos de limpieza que se producen después de una tormenta.

Las hojas de la salvia miden unos 5 a 6 centímetros de largo y crecen en los lados opuestos de los tallos semileñosos de forma cuadrada. Son oblongas y puntiagudas. La salvia se presenta en diferentes colores, como blanco, azul, púrpura, negro, verde o amarillo.

Puede aplicarse aceite de salvia en el cuerpo antes de iniciar un ritual. Aplique un poco en los puntos del pulso para ayudar a la circulación y la respiración. La salvia también se puede quemar y el sahumerio puede limpiarle antes de entrar en un estado de trance. Tanto el sahumerio como la aplicación de aceite le ayudarán a limpiar la energía de su cuerpo y de la habitación.

Puede pasar suavemente el bastón de sahumar alrededor de su cuerpo para limpiar el aura de su cuerpo de energías discordantes. El simple hecho de plantar salvia alrededor de su casa también será enormemente beneficioso para toda su familia. Veamos ahora las diferencias entre la salvia azul, blanca y negra.

Oración: *"Invoco los poderes de tu maravillosa energía, oh salvia, concédeme permiso para utilizar tus poderes y guíame para que no te haga daño".*

- **Salvia azul**

También llamada "Salvia farinacea", la versión azul está dotada de numerosos beneficios mágicos y medicinales. La salvia azul se utiliza con fines de purificación y limpieza y se emplea para proporcionar fuerza a los practicantes espirituales, incluidos los chamanes. La salvia azul se utiliza a menudo en los exorcismos para eliminar los espíritus malignos. La salvia azul se utiliza sobre todo en una vara de difamación con el humo de la misma, proporcionando efectos limpiadores y purificadores.

- **Salvia blanca**

Los efectos protectores, limpiadores y purificadores de la salvia blanca son legendarios y han sido aprovechados por los seres humanos durante miles de años. Los nativos americanos consideraban la salvia blanca como algo sagrado. Al frotar las hojas frescas de salvia blanca entre el pulgar y el índice se desprende un aroma limpiador y refrescante. La forma más común de utilizar la salvia blanca es mediante la realización de un sahumerio.

- **Salvia negra**

La salvia negra favorece la capacidad de soñar y visionar. Se utiliza para la reflexión y la introspección. Los chamanes utilizan la salvia negra para los viajes chamánicos y las proyecciones astrales. Cuando se quema por la noche, ayuda al sueño reparador. Intensifica los sueños lúcidos y la visualización psíquica.

- **Albahaca**

La albahaca es conocida como la planta del amor y la fertilidad. Sus hojas se asemejan a la forma de un corazón. El espíritu de la planta de la albahaca protege a la familia. Quemar aceite de albahaca es una forma común de deshacerse de las energías negativas en su hogar. También está impregnado de la frecuencia vibratoria de la felicidad y, por tanto, cuando se quema aceite de albahaca, no solo se elimina la energía negativa, sino que se atrae la energía positiva.

Las hojas de la albahaca son gruesas y oblongas y tienen una punta puntiaguda. Las hojas crecen entre 5 y 10 centímetros de longitud y tienen un color verde brillante. Las hojas suelen tener una ligera curvatura hacia abajo con un aspecto acanalado o llena de protuberancias en la superficie.

Su frecuencia vibratoria también está relacionada con la simpatía. Por lo tanto, la gente lleva albahaca para tener más energía cuando sabe que puede enfrentarse a enfrentamientos, choques y conflictos. Se sabe que limpia la conexión entre el corazón y las manos, despejando así el camino para hacer lo que el corazón quiere. La albahaca es venerada como una diosa por los hindúes.

La albahaca puede prepararse en infusiones. Las hojas secas pueden incluirse en un bastón para sahumar. Puede añadirla a su agua de baño ritual.

Oración: *"Imploro a la energía vibratoria de la albahaca que me dé permiso para arrancar unas cuantas hojas y utilizar sus poderes para el bien de todos".*

- **Romero**

El romero es la hierba que se utiliza en los rituales de amor y romance para promover el amor, la longevidad de las relaciones y la felicidad. Los antiguos griegos quemaban aceite de romero en sus templos como ofrenda a sus dioses y diosas. Cuando se quema aceite esencial de romero, se eliminan las energías negativas del entorno y todo se purifica y limpia.

El simbolismo más común del romero es el recuerdo, y se utiliza para mejorar su poder de memoria. Puede simplemente aspirar el olor del aceite esencial de romero para despejar su mente y mejorar su memoria. El romero también se asocia con la pasión, la amistad, la mejora del sueño, la reducción de las pesadillas, etc.

El romero puede colgarse en una puerta para protegerla. Puede echarlo en el suelo y barrerlo para librar su casa de las negatividades. Antes de realizar un ritual, puede utilizar el aceite esencial de romero para ungirse a sí mismo y a otros ingredientes mágicos.

Las hojas del romero son largas, finas y con forma de aguja. Empiezan a partir de un cuarto de la rama y crecen densamente. Las hojas son de color oscuro, gris verdoso.

Oración: *"Imploro a la energía vibratoria del romero que me dé permiso para arrancar unas cuantas hojas y utilizar sus poderes para el bien de todos".*

• Hinojo

El hinojo se utiliza para aumentar el valor, la longevidad y la fuerza. Sus propiedades purificadoras alejan las energías negativas y protegen su aura. También ayuda a fortalecer sus límites.

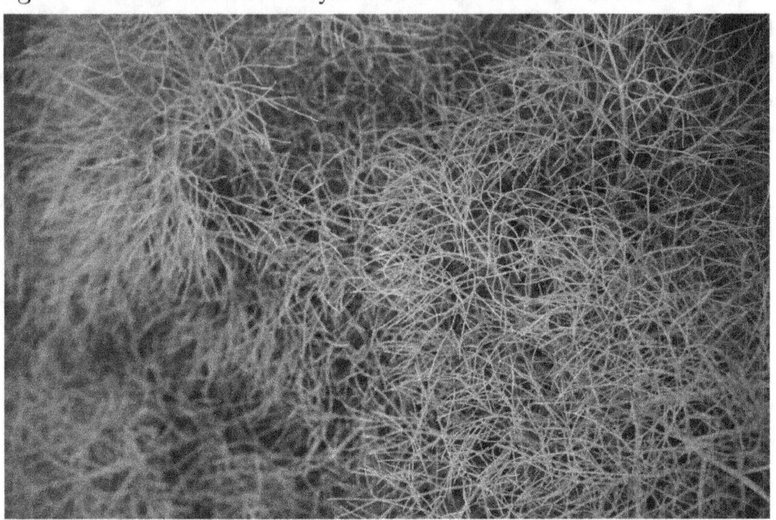

El hinojo es la hierba de los héroes. Se trata de ganar batallas y superar la adversidad. El hinojo aporta vitalidad, curación y virilidad. Las plantas de hinojo tienen un follaje verde grisáceo con hojas en forma de hilo. Tienen olor a anís. En el extremo de los tallos aparecen flores amarillas.

Oración: *"Imploro a la energía vibratoria del hinojo que me dé permiso para arrancar unas cuantas hojas y utilizar sus poderes para enhebrar el amor y la fuerza".*

• Sándalo

El sándalo es un poderoso protector y favorece la clarividencia, la adivinación y la meditación. Se utiliza para aumentar el bienestar físico y espiritual de los seres humanos. La energía vibratoria del sándalo puede deshacerse de las distracciones de nuestra mente conduciéndonos de nuevo a las alegrías sensuales que nos ofrece nuestro cuerpo. Este aceite se utiliza para potenciar el éxtasis sexual.

El sándalo vibra en una frecuencia que ayuda a alinear nuestros chakras. Cuando nuestro sistema de chakras está en equilibrio, estamos más abiertos a las energías espirituales. Cuando esto ocurre, las energías curativas fluyen sin obstáculos por nuestro cuerpo y nuestra mente.

El sándalo es de grano fino, pesado y de color amarillo. Es aromático y conserva su fragancia durante décadas. El aceite de sándalo se extrae de las maderas y tallos de los árboles de sándalo.

Oración: *"Imploro a la energía vibratoria del sándalo que me dé permiso para extraer su aceite esencial y utilizar sus poderes para la protección y el bienestar".*

- **Ylang-Ylang**

El ylang-ylang es la ayuda perfecta para todos los rituales relacionados con el amor, el sexo y la paz. Sus energías vibratorias y su fragancia tienen efectos relajantes y calmantes y son especialmente útiles en situaciones negativas. Si se utiliza correctamente con potentes técnicas de visualización, el ylang-ylang puede ser un excelente afrodisíaco.

El ylang-ylang es una flor amarilla con forma de estrella originaria de los países que rodean el océano Índico, como Malasia, Filipinas, India e Indonesia. Tienen un olor a cabeza, aromático, afrutado y floral.

Oración: *"Imploro a la energía vibratoria del ylang-ylang que me dé permiso para utilizar sus poderes para el amor y la paz".*

- **Eucalipto**

El poder del eucalipto reside en su capacidad para limpiar la energía psíquica negativa del entorno. Esta hierba y su aceite esencial se utilizan a menudo con este fin en situaciones de combate físico, emocional y verbal. Lleva la energía necesaria para limpiar su camino de todas las negatividades. También se utiliza para limpiar las energías residuales después de los rituales.

Los eucaliptos son árboles de hoja perenne con hojas lanceoladas de aspecto verde brillante. Sin embargo, hay muchas variedades de eucaliptos con formas y tamaños diferentes.

Oración: *"Imploro a la energía vibratoria del eucalipto que me dé permiso para arrancar unas cuantas hojas y utilizar sus poderes para la protección contra las energías psíquicas negativas".*

- **Vetiver**

El vetiver refuerza nuestros límites energéticos para evitar que las energías negativas invadan nuestra aura. Aumenta el flujo de energía vital en nuestro cuerpo y es estupendo para enraizar y estabilizar nuestro cuerpo físico y emocional. La energía del vetiver manifiesta protección psíquica, tranquilidad, centrado, sabiduría, paz, intuición y suerte.

Oración: *"Imploro a la energía vibratoria del vetiver que me dé permiso para arrancar unas cuantas hojas y utilizar sus poderes para el bien de todos".*

- **Orégano**

El orégano es la hierba del amor y la armonía. Es beneficioso en las prácticas chamánicas, ya que ayuda al equilibrio y la armonía, permitiéndole asentarse al entrar en trance. Sus propiedades medicinales se han aprovechado desde la antigüedad. El orégano no solo ayuda al equilibrio espiritual, sino también al físico, y a menudo se utiliza para tratar dolencias físicas.

Al preparar un té con orégano no solo se obtiene una medicina que se puede consumir, sino también un vapor que elimina la negatividad del aire.

Oración: *"Imploro a la energía vibratoria del orégano que me dé permiso para arrancar unas cuantas hojas y utilizar sus poderes para la armonía y la felicidad".*

- **Lavanda**

La lavanda es la planta a la que se recurre en todos los rituales relacionados con la paz, el amor y la salud. Su frecuencia vibratoria tiene el poder de disipar la depresión y la ansiedad. También nos ayuda a mantener nuestras emociones bajo control. Si tiene problemas de insomnio por la noche, puede espolvorear un poco de aceite esencial de lavanda en su almohada para favorecer el sueño.

La lavanda es la hierba de la devoción. Puede aprovecharla para mejorar la concentración y la dedicación al realizar rituales. La lavanda puede utilizarse como aceite esencial, en polvo y en baños rituales.

Oración: *"Imploro a la energía vibratoria de la lavanda que me dé permiso para arrancar unas hojas y utilizar sus poderes para dormir bien".*

- **Incienso**

El incienso es una herramienta poderosa para alcanzar un estado elevado de conciencia espiritual. Cuando utiliza el incienso, despierta su lado espiritual. Esto se debe a que la hierba tiene que ver con el amor y la conexión. Es una hierba calmante que le permite aprovechar su naturaleza sensible que se ama a sí misma y a los demás.

Es un poderoso protector y purificador de las energías negativas. Promueve la paz interior.

Oración: *"Imploro a la energía vibratoria del incienso que me dé permiso para utilizar sus poderes para mejorar la conciencia espiritual".*

- **Ruda**

La ruda es más conocida por sus poderes de limpieza espiritual y puede alejar las vibraciones negativas de la envidia y la mala suerte. En la Edad Media, la ruda se colgaba en las puertas para alejar los malos espíritus. Se la conocía como la "hierba de la gracia" y las iglesias la utilizaban para rociar con agua bendita a los fieles.

Funciona mejor cuando se quema ruda en pastillas de carbón. Cuando la pastilla de carbón esté calentada y lista, espolvoree pequeñas cantidades de ruda para que el humo salga lentamente y sin llama. A continuación, puede llevar la pastilla de carbón vegetal por todo el espacio designado (ya sea su casa o un espacio ritual) para que el humo purifique y limpie todos los rincones.

Oración: *"Imploro a la energía vibratoria de la ruda que me dé permiso para arrancar unas cuantas hojas y utilizar sus poderes para el bien de todos".*

Capítulo 14: Plantas mágicas para mejorar la vista

Este capítulo estará dedicado a las antiguas plantas medicinales que se han utilizado para inducir trances para que el viaje pueda realizarse con mayor facilidad. Es imprescindible recordar que este libro no promueve el uso de plantas psicoactivas sin una estricta supervisión por parte de practicantes capacitados y experimentados. Este libro solo da una indicación de los poderes de las plantas para mejorar la percepción. Por favor, utilícelas solo bajo la supervisión de profesionales acreditados y experimentados.

Ayahuasca

En Internet abundan las historias de viajeros y turistas que se desplazan a distintos lugares exóticos del extranjero para participar en la ceremonia de la ayahuasca. Cuando se administra de forma incorrecta, la ayahuasca, un brebaje psicoactivo, puede dar lugar a situaciones peligrosas y ciertamente evitables. Sin embargo, cuando se hace correctamente y se administra en dosis precisas bajo la estricta supervisión de chamanes experimentados, la ayahuasca puede llevarle a viajes chamánicos y a estados alterados de conciencia desde los que puede acceder a los reinos astrales.

La ayahuasca se conoce como "el té" y se prepara con las hojas de la planta Psychotria Viridis combinadas con los tallos de la vid Banisteriopsis caapi. Aunque estos son los dos ingredientes principales que lleva la ayahuasca, también pueden añadirse otros ingredientes y plantas en función de las necesidades del chamán y/o del buscador.

Un chamán muy experimentado dirige siempre una auténtica ceremonia de ayahuasca. El chamán hierve las hojas y los tallos en agua. Las hojas simplemente se arrancan y se añaden, mientras que la liana se corta y se tritura antes de añadirla para extraer sus propiedades medicinales de forma óptima.

Cuando la infusión está lista, el chamán retira el agua y repite el proceso hasta obtener una infusión espesa y concentrada. Cuando la infusión se enfría por completo, se cuelan las impurezas. Como requisito previo para participar en una ceremonia de ayahuasca, debe abstenerse de consumir alcohol, sexo, drogas, cigarrillos y cafeína, preparando y purificando su cuerpo. Muchos chamanes recomiendan también seguir una dieta estricta, vegana o vegetariana, para asegurarse de que todas las toxinas son eliminadas de su cuerpo antes de la ceremonia.

Las ceremonias se celebran siempre por la noche bajo la estricta supervisión de un chamán experimentado que vigila de cerca a todos los participantes para detectar cualquier efecto adverso. La ceremonia dura hasta que los efectos de la ayahuasca desaparecen de todos los participantes. El espacio ritual se prepara, se limpia y se purifica a través de la limpieza y otros rituales. El chamán líder lo bendice.

A continuación, se sirve la infusión de ayahuasca a los participantes, normalmente en pequeñas y numerosas dosis. Tras su consumo, los efectos comienzan a producirse de 20 a 60 minutos después y duran entre 2 y 6 horas, dependiendo de la dosis tomada y del estado de salud personal del participante. Para los novatos, los síntomas desagradables pero normales son los vómitos y la diarrea.

Las preparaciones chamánicas no son tan sencillas como las mencionadas anteriormente. Son procesos complejos realizados con dosis precisas de diversas sustancias, cuyo resultado puede dar lugar a poderosas visiones. Las demás reacciones, incluidas las alucinaciones auditivas y visuales, los sentimientos de euforia, el miedo, la paranoia y los efectos psicodélicos que alteran la mente, son específicos de cada persona.

Algunas personas experimentan sensaciones de iluminación y euforia, mientras que otras pueden experimentar miedo y paranoia. Algunos también experimentan ansiedad y pánico extremos. Casi todos los participantes sienten tanto los efectos positivos como los negativos del brebaje. Los chamanes y sus equipos vigilan de cerca la ceremonia y tienen personal médico cerca para atender las emergencias, si las hubiera. Los beneficios de la ayahuasca son:

- Los ingredientes activos de la ayahuasca, a saber, la DMT y las β-carbolinas, han demostrado el poder de proteger y restaurar las neuronas. Algunos otros ingredientes también ayudan a proteger las células cerebrales.
- Mejora el bienestar psicológico al promover la atención plena, la regulación emocional y la mejora del estado de ánimo.

Para reiterar una información vital, la ayahuasca NO debe tomarse sin la estricta supervisión de chamanes experimentados y reputados.

Peyote

El peyote es una planta alucinógena originaria de México. La tribu indígena huichol considera esta planta sagrada. El pueblo huichol ha protestado contra su uso indiscriminado por parte de viajeros y estafadores desinformados e insensibles. Los efectos curativos del peyote se han utilizado desde alrededor del año 300 antes de Cristo. Se utiliza en la medicina popular para tratar los trastornos intestinales, la gripe, la tisis, la artritis, las picaduras de escorpión y de serpiente, y como antídoto para el veneno de la datura.

El peyote es una planta cactácea sin espinas, con forma de cúpula y nódulos en forma de botón. Se encuentra en todo el desierto de Chihuahua, desde México hasta Texas. Su principal sustancia química activa es la mescalina. Los nódulos frescos o secos se mastican o se hierven con agua para hacer un brebaje amargo. El "viaje" después de consumir peyote suele durar de 6 a 12 horas.

El peyote ha sido utilizado durante siglos por chamanes, curanderos y tribus indígenas de Norteamérica. Los chamanes ingieren peyote para comunicarse con el mundo de los espíritus y emprender viajes chamánicos.

Un creciente número de trabajos de investigación parece demostrar ahora que el peyote tiene múltiples beneficios para la salud, que los chamanes de la región conocen desde hace miles de años. Como todas las plantas sensibles, el peyote también debe utilizarse solo bajo la estricta vigilancia de chamanes experimentados. Los beneficios del peyote para la salud son:

- El peyote estimula las experiencias espirituales. Se sabe que induce estados de profunda percepción y desencadena experiencias psicoactivas. Los usuarios han informado de síntomas de sinestesia, una sensación poco común en la que un estímulo desencadena automáticamente otra reacción. Por ejemplo, si se oye un sonido (el estímulo), se ve una visión de colores (la reacción).

- Se sabe que el peyote ayuda a mejorar la capacidad de resolución de problemas. Gracias a la presencia de múltiples alcaloides psicoactivos, concretamente la mescalina, se cree que el peyote mejora la capacidad creativa para resolver problemas.
- El peyote mejora los sentimientos de felicidad. Se sabe que activa los receptores de serotonina, lo que, a su vez, tiene un impacto positivo en las percepciones y los estados de ánimo.

El peyote es una sustancia controlada en Norteamérica y su uso está restringido a las ceremonias de los nativos americanos bajo la supervisión de chamanes experimentados.

Hongos psicoactivos

Los hongos psicoactivos son de numerosos tipos, entre ellos las setas de psilocibina o setas mágicas y diversas setas Amanita. Las setas mágicas están disponibles en la naturaleza y también pueden cultivarse. Contienen psilocibina, una sustancia natural alucinógena y psicoactiva. En EE. UU., la psilocibina está catalogada como una droga de la lista I, lo que significa que es muy propensa a su uso indebido.

Los hongos psicoactivos pueden mezclarse con la comida, prepararse como un té o comerse tal cual. También pueden fumarse, normalmente mezclados con marihuana o tabaco. Estos hongos son alucinógenos, lo que significa que al ingerirlos se pueden oír, sentir y ver cosas y sensaciones que no son reales.

Los chamanes de las tribus indígenas de Europa y Norteamérica han utilizado estos hongos con fines espirituales y medicinales durante miles de años. Los hongos psicoactivos tienen una larga historia de asociación con el autodescubrimiento y las experiencias espirituales. Los chamanes utilizan los hongos psicoactivos para alcanzar niveles alterados y superiores de conciencia.

El consumo de hongos mágicos suele provocar un "viaje" leve en el que se puede sentir somnoliento o relajado. Sin embargo, algunas personas tienen experiencias aterradoras como paranoia, pánico severo y delirios. También se sabe que puede provocar convulsiones en casos raros y extremos. Los efectos físicos del consumo de setas mágicas son la dilatación de las pupilas, dolores de cabeza, somnolencia, aumento del ritmo cardíaco, la temperatura y la presión arterial, debilidad muscular, falta de coordinación, bostezos y náuseas.

Los efectos mentales de los hongos psicoactivos son euforia, sentido distorsionado de la realidad, alucinaciones visuales y/o auditivas, poderosas experiencias espirituales, paranoia, reacciones de pánico y, a veces, incluso psicosis.

El hongo Amanita más conocido es el hongo agárico de mosca. Se ha utilizado en el mundo chamánico durante siglos para comulgar con el mundo espiritual. Crece hasta un diámetro de entre 8 y 20 centímetros con un sombrero de color rojo anaranjado a naranja escarlata. El agárico de mosca es uno de los primeros alucinógenos conocidos que utilizaban las tribus indígenas y los chamanes para alcanzar estados chamánicos y emprender viajes a los tres mundos de los que se ha hablado antes en el libro.

Los chamanes utilizaban los hongos del agárico de mosca para "volar" mentalmente a estados superiores de conciencia y hablar, recibir consejos y traer de vuelta mensajes de los guías espirituales y de los seres de los reinos superiores. Los renos del norte de Europa se sienten atraídos por las setas agáricas voladoras. Los siberianos buscan renos que muestren comportamientos embriagadores, los sacrifican y comen su carne para sentir la misma embriaguez.

El ingrediente alucinógeno sale del cuerpo a través de la orina de la persona que ha ingerido la seta. Por lo tanto, los chamanes solían comer las setas (porque tenían el poder de soportar sus poderosos efectos alucinógenos), y el resto de la gente de la tribu bebía la orina del chamán. En un capítulo anterior se describió la relación entre el agárico de mosca, los chamanes y Papá Noel.

Este ejercicio puede parecer repugnante para los estándares modernos. Sin embargo, si el chamán ha ayunado (como se requiere antes de cualquier ritual de estado chamánico), la orina no contendrá más que agua mezclada con el compuesto alucinógeno. Además, el hongo agárico de la mosca se secaba o se convertía en un té o sopa fina para reducir los efectos tóxicos del alucinógeno.

Y, por último, es imperativo recordarle de nuevo que solo debe intentar probar estas plantas en un entorno controlado y bajo la supervisión de un chamán experimentado.

Capítulo 15: Rituales y prácticas chamánicas

Este capítulo está dedicado a ofrecerle todos los rituales y prácticas chamánicas que necesitan los principiantes para iniciar su estancia en el mundo del chamanismo.

Cómo preparar un baño chamánico

Estamos continuamente interactuando con diferentes personas y situaciones e imbuyendo todo tipo de energías de ellas, tanto directa como indirectamente. Además, también estamos enviando vibraciones energéticas en todas las direcciones a través de nuestras interacciones que implican pensamientos, emociones y palabras.

Esta incesante interacción de nuestra fuerza energética con la de los demás agota nuestra aura, que se ajusta continuamente por sí misma y trata de recuperar su armonía original. Aunque nuestra aura puede reajustarse por sí misma, a menudo la energía negativa acumulada se vuelve tan poderosa que puede perdurar durante períodos inconvenientemente largos. Como chamán en ciernes, debe trabajar regularmente para despejar y limpiar su aura. Una de las mejores formas de hacerlo es el baño chamánico o espiritual.

Entonces, ¿qué diferencia hay entre un baño chamánico y un baño normal? Los baños normales se utilizan específicamente para limpiar el cuerpo físico. Aunque obtenemos cierta sensación de calma y paz después de un baño regular, el propósito principal es mantener la higiene del cuerpo físico. En cambio, los baños espirituales son rituales destinados a la limpieza e higiene espiritual. Un baño espiritual limpia sus cuerpos energéticos sutiles y su aura y revitaliza sus sentidos sutiles. Después de un baño espiritual, se sentirá completamente rejuvenecido, refrescado y con una profunda sensación de paz interior.

Otra diferencia importante entre un baño regular y uno espiritual es el tiempo que se emplea. Los baños regulares suelen durar entre 10 y 20 minutos. Un baño espiritual puede durar entre 20 y 60 minutos. Por lo tanto, antes de comenzar el baño, asegúrese de que se ha dedicado a un periodo ininterrumpido de una hora. A continuación, siga estos pasos:

Prepare el espacio para el baño. Asegúrese de que está totalmente limpio e higiénico. La bañera, las encimeras y todo el baño deben estar limpios y organizados. Despeje todo el desorden. Además, haga espacio para las distintas cosas que necesitará para el ritual. Elija los cristales, las piedras, las flores, las hierbas, los aceites esenciales, etc., con una finalidad determinada.

Elija el aroma de sus velas o aceites esenciales que estén alineados con sus sentimientos. No hay que tomar decisiones correctas o incorrectas. Seleccione lo que crea que le va a tranquilizar.

A continuación, elija un sonido para reproducirlo. La música meditativa tranquila o incluso los tambores suaves y rítmicos o los ritmos binaurales harán maravillas. Debe evitarse la música fuerte y/o lírica, ya que las palabras pueden dificultar su proceso de pensamiento de limpieza del aura.

Se necesitarán los siguientes ingredientes:

1. **Bicarbonato de sodio** - El bicarbonato de sodio libera iones de bicarbonato y sodio cuando se disuelve en el agua, lo que ofrece numerosos beneficios para la salud y la limpieza espiritual. Puede utilizar de ¼ a 2 tazas del mismo, dependiendo del tamaño de su bañera.
2. **Sal** - La sal natural es un gran agente de limpieza y puede despejar cualquier energía negativa persistente de su campo áurico. La sal marina natural, la sal de Epsom o la sal rosa del Himalaya son excelentes opciones. Unos 2 o 3 puñados serán más que suficientes. No utilice la sal de mesa que se usa en la cocina porque está refinada artificialmente y contiene agentes antiaglomerantes.
3. **Cristales** - Los cristales tienen sus propias propiedades curativas dependiendo de sus energías vibratorias. Elija aquellos cristales que estén alineados con su intención. Por ejemplo, la celestita sirve para reducir el estrés; el cuarzo rosa para atraer el amor, etc.
4. **Lavanda** - Puede utilizar cogollos enteros que se hierven en agua para extraer el aroma, o puede dejar caer suficiente aceite esencial para obtener el aroma que desea. La lavanda calma su mente y sus emociones. Es un excelente antiestrés.
5. **Aceites esenciales** - Algunos creen que las frecuencias vibratorias de los aceites esenciales son las más cercanas a las de los seres humanos. Cada aceite esencial afecta a sus sentidos de forma diferente. El sándalo es para la concentración (un baño ritual con sándalo antes de emprender viajes chamánicos será enormemente beneficioso). La menta piperita energiza y se deshace de la fatiga.

Otras flores y hierbas que pueden añadir valor a su baño chamánico son:

- **Agua de rosas** - Hierva pétalos frescos de rosas rosas o rojas hasta que pierdan todo su color. Añada esta agua a un baño caliente. La rosa eleva su estado de ánimo y promueve el amor propio. También puede añadir pétalos frescos o secos directamente en el agua de la bañera para obtener más aroma.

- **Claveles -** Hierva claveles rojos y rosas con miel y leche de coco en agua. Cuélelo y añada el agua a su baño. Los claveles son excelentes para calmar la tristeza y la depresión. También ayuda a curar un corazón roto.
- Hierbas de su elección. Puede consultar el capítulo 13 sobre las plantas curativas y elegir de la lista que allí se ofrece.

Si no tiene tiempo para preparar los ingredientes para su baño, puede adquirir juegos de baño espiritual ya preparados en tiendas en línea y utilizarlos según las instrucciones indicadas en el paquete. Para reiterar, recuerde establecer una intención clara para su baño ritual. Por ejemplo:

- Este baño ritual despejará y limpiará mi aura de todas las negatividades.
- Este baño espiritual centrará mi mente en el viaje al mundo inferior.
- Este baño chamánico es mi ritual semanal de limpieza y protección.

El Ritual del Sol

El Ritual del Sol o la Danza del Sol es uno de los rituales chamánicos antiguos más poderosos que ha sobrevivido a las mareas y los golpes del tiempo y a las múltiples prohibiciones impuestas por los países modernos aparentemente avanzados. Esta danza se originó entre las tribus indígenas de Norteamérica.

Este ritual único se llevaba a cabo cada verano y estaba dedicado principalmente a celebrar la Tierra y el Sol. Sin embargo, cada bailarín individualmente bailaba por sus deseos y anhelos privados. Podían participar en la danza pidiendo un futuro mejor para su familia, mejorar su salud o encontrar el propósito de su vida, etc.

Los instrumentos musicales utilizados eran los tambores y las gaitas ceremoniales. Era una danza larga y agotadora que duraba un día entero y a menudo se prolongaba también hasta la noche. Eran ceremonias de trance en las que los miembros aptos y jóvenes de las tribus se perforaban sus propios cuerpos como forma de sacrificio para mostrar su respeto y amor por la resistencia del Sol y la Tierra. Las perforaciones autoinfligidas fueron las principales razones de la prohibición.

Sin embargo, los miembros modernos de las tribus nativas americanas siguen realizando la danza, intentando desmitificar sus secretos y presentándola como un ritual seguro y de celebración. Utilizan el poder del Sol para librarse del dolor y las dificultades e impregnar sus vidas. Desde una perspectiva chamánica moderna, esto es lo que puede hacer como un sencillo ritual solar diario:

- Justo antes de la puesta de sol, salga al exterior y mire en la dirección del sol poniente.
- Diga en voz alta: *"Oh, Dios del Sol, te entrego todas mis preocupaciones y miedos. Disípalos y elimínalos en tu fuego ardiente"*.
- A la mañana siguiente, justo antes del amanecer, salga al exterior y mire en la dirección del sol naciente.
- Diga en voz alta: *"Oh, Dios del Sol, al salir un nuevo día, dame una fuerza nueva y refrescante de tu fuego ardiente"*.

Invocación de los elementos

Invocar el poder y las energías de los cuatro elementos es uno de los rituales chamánicos más comunes antes de la ceremonia. Las energías de los elementos se invocan y se invitan al espacio sagrado antes de un ritual. Al final del ritual, se da las gracias y el permiso de salida a los elementos. Puede utilizar las siguientes indicaciones para invocar a los elementos:

Gire hacia el este, que representa el elemento aire, y diga: *"Con el corazón abierto, invocamos a los guardianes del este y a los poderes del aire y del viento para que vengan a participar en nuestro ritual. Protéjannos y manténgannos a salvo. Rezamos a los vientos de la inspiración. Pedimos el poder de la comprensión y el entendimiento. Te agradecemos el aliento de vida que nos concedes en cada momento de vigilia".*

Vuélvase hacia el sur, que representa el elemento fuego, y diga: *"Con el corazón abierto, llamamos a los guardianes del sur y a los poderes del fuego para que vengan a participar en nuestro ritual. Pedimos la fuerza para explorar nuestra creatividad. Pedimos la pasión del fuego ardiente. Les damos las gracias por las chispas de la vida".*

Gire hacia el oeste, que representa el elemento agua, y diga: *"Con el corazón abierto, llamamos a los guardianes del oeste y a los poderes del agua para que vengan a participar en nuestro ritual. El agua nos rodea desde que estamos en el vientre de nuestra madre. Está presente en la sangre de nuestras venas, en las lágrimas de nuestros ojos. Te pedimos que nos limpies con tu pureza. Te honramos y agradecemos tu presencia fluida".*

Gire hacia el norte, que representa la tierra, y diga: *"Con el corazón abierto, llamamos a los guardianes del norte y a los poderes de la tierra para que vengan a participar en nuestro ritual. Vosotros nos otorgáis numerosos dones. Vosotros dais a luz una nueva vida. Tú nutres y alimentas nuestros cuerpos. Enséñanos a danzar suavemente en tu tierra sagrada y enséñanos la humildad que difundes. Gracias por tu sólido apoyo".*

Practique los anteriores rituales chamánicos tan a menudo como pueda. Cuanto más practique, más profunda será la esencia de la práctica en su mente inconsciente. En consecuencia, su forma de vida se transformará de ordinaria a chamánica.

Extra: Transformación chamánica diaria

Esta última parte del libro representa un calendario de 2 semanas con algunas prácticas chamánicas recomendadas para probar cada día.

1. Recuerde que está conectado con todo el cosmos. Tiene el poder inherente de simplemente cerrar los ojos y aprovechar la energía que le rodea. También debe saber que lo que hace se refleja en el cosmos. Imagínese un cordón que sale de su ombligo y se conecta con todos los demás cordones que emanan en el cosmos.
2. Siéntese en silencio. Cierre los ojos e imagine que este cordón se extiende hacia lo más profundo de la tierra. Imagine que crece también hacia arriba y que desaparece en la inmensidad del cielo. Visualice que la luz viene de las dos direcciones y entra en su cuerpo, rejuveneciéndole y refrescándole. También envía sentimientos de amor y compasión al cosmos.
3. Recuerde que sus pensamientos y emociones están conectados porque los chamanes saben que el cuerpo, la mente y el espíritu están íntimamente entrelazados entre sí. Esto significa que sus pensamientos crean sus emociones y sus emociones crean sus pensamientos. Preste atención a esta conexión.
4. La próxima vez que se sienta feliz, concéntrese en el pensamiento que está en su mente. ¿Qué pensamiento está provocando la emoción de felicidad? De la misma manera, cuando tenga un pensamiento preocupante o perturbador que le cause dolor, concéntrese en la emoción que le está causando dolor. Un simple cambio de pensamiento puede cambiar también sus emociones.
5. Cuando se sienta triste, piense en una situación feliz, y la tristeza será sustituida por la alegría. Si se siente abrumado, puede tener el pensamiento: "¿Qué voy a hacer con esto?". Atrape el pensamiento y déjelo ir, y el sentimiento también lo seguirá. Siga practicando esta actividad de conexión pensamiento-emoción, y pronto le resultará fácil gestionar sus emociones con madurez, una de las primeras pruebas que conducen a la sabiduría chamánica.
6. Recuerde respetar la Tierra. El chamanismo está profundamente asociado con la Madre Naturaleza y la Madre Tierra. La Tierra o Gaia sostiene todas las formas de vida y es imperativo darle el respeto que merece por ello.

Rece una oración diaria por su bienestar. Cante una canción cada día. Cuide un jardín. Recuerde reciclar y reutilizar y no cargar a la Madre Tierra con nuestra basura.

7. Recurra al poder y la energía de los cuatro elementos. Utilice las oraciones dadas en el capítulo anterior y pida ayuda a los cuatro elementos, incluyendo la tierra, el aire, el fuego y el agua. La tierra es excelente para el enraizamiento y la estabilidad. El agua es excelente para dejarse llevar. Deje que sus problemas y miedos se desprendan como lo hace el agua. El fuego es excelente para liberar los problemas profundamente arraigados. Quémelos de raíz para que no vuelvan a acosarle. El aire es excelente para limpiar las energías negativas. Llame al poder del elemento aire para limpiar la negatividad de su vida.
8. Preste atención a las plantas y a los animales. En el chamanismo, la medicina es cualquier cosa que sane, nutra y alimente su cuerpo, mente y espíritu. La sanación puede venir en cualquier forma, incluyendo el amor de una mascota, el aroma de una planta, una palabra amable de un extraño y, por supuesto, de los rituales de sanación simples y elaborados.
9. Los animales y las plantas son portadores de medicinas para usted. Si ve que un animal o una planta se cruza en su camino o aparece en sus sueños con frecuencia, préstele atención. Abra sus sentidos y busque los mensajes que la planta o el animal están tratando de enviarle. Los mensajes pueden ser en forma de signo o señal visual.
10. Practique ser un jaguar o un águila. Las águilas y los jaguares son poderosos símbolos chamánicos. Como ya sabe, los jaguares no se consideran solo animales. Se cree que son espíritus de chamanes experimentados que han fallecido y quieren caminar por la superficie de la Tierra en la que una vez vivieron.
11. Además, ser un jaguar le da práctica en el sigilo y la paciencia. Camina por la selva, notando y observando todo y sin perderse nada. Del mismo modo, lleve su vida asegurándose de notar, observar e impregnarse de todo lo que le rodea. Mantenga sus sentidos agudos y alerta. Este

enfoque construye su poder e instintos chamánicos internos.

12. Ser un águila le recuerda que debe tener una visión global y no preocuparse por las pequeñas cosas que no suponen realmente ninguna diferencia en la perspectiva más amplia. Por ejemplo, si su hijo está creando problemas, sea como el águila y muestre compasión y amor apartándose de la escena. Como el águila, espere el momento adecuado para hacer lo que hay que hacer. Alce el vuelo hacia las nubes y evite quedar atrapado en el drama y el calor de ese momento.
13. Haga algún pequeño ritual cada día. Podría ser un simple ritual de autocuración "para mí" en el que encuentre un lugar tranquilo en su casa, consiga unos minutos de tiempo sin interrupciones, se siente con sus cristales o hierbas o aceites esenciales favoritos, invoque a los elementos y pida la sanación. Añada a su rutina diaria el sencillo ritual del sol descrito en el capítulo anterior.
14. Cree un altar. Un altar le recuerda el camino chamánico que ha elegido. Cree un altar sencillo que podría convertirse en su espacio de curación. Podría ser incluso un rincón de su mesa de trabajo. Disponga sus piezas de arte favoritas, ídolos, cristales, velas, etc. Encienda una vela cada día en este espacio, asegurándose de que se cuidan todos los aspectos de la seguridad contra incendios.

Comience con cualquiera de los consejos dados en este capítulo. Practíquelo con diligencia durante dos días. Cuando se sienta cómodo, añada un segundo, luego un tercero, y así sucesivamente. Aparte de la construcción del altar, hay siete ejercicios sencillos para lograr una transformación chamánica completa en su vida, con dos días para cada tarea.

Aunque lo llamamos un calendario de dos semanas, es importante recordar que los resultados pueden variar.

Algunos de ustedes podrán entrar en la rutina de la transformación chamánica diaria en 2 semanas, mientras que otros tendrán que repetirla un par de veces o más antes de dominarla. No hay una forma correcta o incorrecta de hacerlo. No hay nadie que le juzgue. Hágalo al ritmo con el que se sienta más cómodo y sin prisas.

Conclusión

Para concluir este exhaustivo e informativo libro, volvamos a examinar la filosofía del chamanismo. Según este antiguo sistema de creencias de gran alcance, todas las cosas de este cosmos son manifestaciones del espíritu, que, a su vez, está presente en todas las cosas. Todo está vivo y todo está interconectado e interrelacionado con los demás.

Los chamanes no ven a los seres humanos como la cúspide de la evolución. Ven relaciones dinámicas que entrelazan la responsabilidad mutua que une todo en este cosmos, incluyendo lo humano, lo no humano, lo vivo y lo no vivo. Las prácticas y los rituales chamánicos tienen como objetivo reconocer, restaurar y honrar estas relaciones profundamente entrelazadas y entrecruzadas.

Llevar un modo de vida chamánico personal crea hábitos maravillosos que le ayudan a conectar con la Madre Naturaleza, la Madre Tierra, los cuatro elementos y todas las criaturas de este mundo. Cuanto más profundice en su alma, más fuerte será su forma de vida chamánica. Comience con la simple comprensión de que todos estamos interconectados. Nuestras acciones envían ondas a través del cosmos que afectan a todo lo demás en él, al igual que cada acción de los demás envía ondas de vuelta a nosotros, afectándonos a nosotros y a nuestras vidas.

La interconexión puede provocar conflictos o una vida armoniosa. El camino del chamanismo opta por esta última porque es mucho más poderosa y productiva que los conflictos.

Vea más libros escritos por Silvia Hill

Índice de términos

Rueda medicinal - Desde la antigüedad, la rueda medicinal ha sido utilizada con fines curativos y saludables por las tribus indígenas, especialmente entre los nativos americanos.

Viaje chamánico - El viaje chamánico es cuando un chamán emprende un viaje a través de su mente a los tres mundos primarios, a saber, el mundo inferior, el mundo medio y el mundo superior. El chamán emprende estos viajes a los mundos inferior, medio y superior a través de un estado alterado de conciencia.

Mundo Inferior - Este es el mundo del potencial en bruto y el lugar al que se acude para la curación, la búsqueda del alma y la reparación del alma.

Mundo Medio - Este es un reflejo del mundo físico junto con los seres y espíritus ocultos e invisibles.

Mundo Superior - Este es el reino del Espíritu donde residen los seres celestiales.

Plantas aliadas - Todo chamán tiene plantas aliadas que le ayudan, guían y actúan como mentores en su camino chamánico.

Animales aliados - Todos los chamanes tienen animales aliados que les guían y asesoran, especialmente durante los viajes chamánicos.

Ayahuasca - La ceremonia de la ayahuasca se practica entre los vegetalistas y se utiliza con fines curativos y de limpieza. Hoy en día, turistas de todo el mundo viajan a Perú para participar en ceremonias de ayahuasca en las que ingieren ayahuasca (en cantidades controladas) dependiendo de lo que busquen. También pueden buscar curar enfermedades y a veces incluso purgarse y limpiarse. La ceremonia turística suele realizarse en un entorno urbano dirigida por un chamán vegetalista. Sin embargo, los escenarios rurales de las ceremonias de ayahuasca son muy diferentes. Entre las tribus, las personas que participan en la ceremonia son familiares y afines, mientras que, en el entorno urbano, se sientan juntos extraños de diferentes partes del mundo.

Referencias

'INVOCACIÓN PARA ABRIR EL ESPACIO SAGRADO'. The Four Winds, 26 de junio de 2015, thefourwinds.com/blog/Shamanism/opening-sacred-space

'Las herramientas del chamán'. The Four Winds, 31 de enero de 2017, thefourwinds.com/blog/Shamanism/the-Shamans-tools

'DIBUJANDO LA VIDA de sus sueños - UN EJERCICIO CHAMÁNICO'. The Four Winds, 9 abr. 2019, thefourwinds.com/blog/Shamanism/drawing-life-dreams-Shamanic-exercise

'Viaje al mundo superior'. The Four Winds, 19 de mayo de 2020, thefourwinds.com/blog/Shamanism/journey-upper-world/.

'PREPARACIÓN del VIAJE al MUNDO INFERIOR'. The Four Winds, 12 de noviembre de 2019, thefourwinds.com/blog/Shamanism/preparing-journey-lower-world

'Recuperando su animal de poder'. The Four Winds, 3 mar. 2020, thefourwinds.com/blog/Shamanism/retrieving-power-animal

9 maneras de utilizar el chamanismo en su vida cotidiana | Meghan Gilroy'. Www.meghangilroy.com, 28 mar. 2015, www.meghangilroy.com/9-practical-ways-to-use-Shamanism-in-your-everyday-life

12 plantas y hierbas para transformar la energía negativa - everything soulful. everythingsoulful.com/12-plants-herbs-transform-negative-energy

'30 hierbas sagradas para hacer sahumerios y limpiezas'. Ilmypsychicjane, www.ilmypsychicjane.com/single-post/2017/12/09/30-Sacred-Herbs-for-Smudging-and-Cleansing-Purposes

'Un viaje al Mundo Medio para encontrar su punto de anclaje' Shaman's Way, 9 de mayo de 2015, Shamansway.net/middle-world-journey

'Acerca de las hierbas sagradas y las ceremonias de sahumerio | Cómo sahumar | Resinas de incienso'. Www.taosherb.com, www.taosherb.com/store/sacred-herbs.html

Una introducción a la meditación de contemplación de las flores". Garden Collage Magazine, 13 feb. 2017, gardencollage.com/heal/mind-spirit/intro-flower-gazing-meditation

'Artículo: Abriendo las puertas al yo - el viaje chamánico'. Sacred Stream, 21 de octubre de 1998, www.sacredstream.org/opening-the-doors-to-the-self-the-Shamanic-journey-3

Calvo, Paco, et al. 'La información integrada como posible base de la conciencia de las plantas'. Biochemical and Biophysical Research Communications, octubre de 2020, 10.1016/j.bbrc.2020.10.022

'¿Se puede aprender a soñar lúcidamente?' Verywell Mind, www.verywellmind.com/what-is-a-lucid-dream-5077887

'DailyOM - Viaje chamánico por Sandra Ingerman'. Www.dailyom.com, www.dailyom.com/cgi-bin/display/librarydisplay.cgi?lid=2592

Daley, Kathleen. 'Chamanismo del espíritu de las plantas: escuchando la llamada de las plantas'. Blog.pachamama.org, blog.pachamama.org/plant-spirit-Shamanism-call-plants

Drake, Michael. 'El tambor chamánico: Elaboración de un tambor chamánico". Shamanic Drumming, 29 mar. 2012, Shamanicdrumming.blogspot.com/2012/03/crafting-Shamanic-drum.html

Dresler, Martin, et al. Los componentes volitivos de la conciencia varían entre la vigilia, el sueño y el sueño lúcido'. Frontiers in Psychology, vol. 4, 2014, 10.3389/fpsyg.2013.00987

Cómo encontrar su tótem vegetal | Wishingmoon.com/finding-your-plant-totem

El hongo mágico Amanita Muscaria – Shamanic journey.

www.Shamanicjourney.com/fly-agaric-amanita-muscaria-magic-mushroom

Gingras, Bruno, et al. `Explorando el viaje chamánico: El tamborileo repetitivo con instrucciones chamánicas induce experiencias subjetivas específicas, pero no una mayor disminución del cortisol que la música instrumental de meditación'. PLoS ONE, vol. 9, nº 7, 7 de julio de 2014, p. e102103, 10.1371/journal.pone.0102103

Hartney, Elizabeth. 'Lo que hay que saber sobre el uso de las setas mágicas'. Verywell Mind, Verywell Mind, 26 feb. 2012, www.verywellmind.com/what-are-magic-mushrooms-22085

'Cómo se fabrica un sonajero chamán'. Www.beardrum.com,

www.beardrum.com/rattleconstruction.html

Mente verde, Mindbodygreen. Mindbodygreen, 17 de mayo de 2017, www.mindbodygreen.com/articles/how-to-find-your-spirit-animal

'¿Qué es el animismo?' Learn Religions, 2019, www.learnreligions.com/what-is-animism-4588366

Huels, Emma R., et al. `Correlatos neuronales del estado de conciencia chamánico'. Frontiers in Human Neuroscience, vol. 15, 18 mar. 2021, 10.3389/fnhum.2021.610466

incahealinggoddess. Mesa portadora'. Incahealinggoddess, 3 mar. 2016,

incahealinggoddess.wordpress.com/2016/03/03/mesa-carrier

'¿Es el trabajo de respiración holotrópica adecuada para usted?' Verywell Mind, www.verywellmind.com/holotropic-breathwork-4175431

Joseph, Bob. '¿Qué es una rueda medicinal indígena?' Www.ictinc.ca, 24 de mayo de 2020, www.ictinc.ca/blog/what-is-an-indigenous-medicine-wheel

'Sueño lúcido'. Corrosion-Doctors.org, 2014,

www.corrosion-doctors.org/Dreaming%20is%20Personal/Lucid.htm

'Haga sus propias varas de sahumar para desterrar la mala energía'. Hello Nest, 13 de octubre de 2020, hellonest.co/diy-smudge-sticks/.

'Significado del paquete de medicina y constructor de pasos'. Www.sacredessence.co.uk,

www.sacredessence.co.uk/medicine-bundle-meaning-step-builder-i78

'Rueda medicinal: cómo uso sus enseñanzas en mi viaje de sanación'. Healthy Debate, 3 de octubre de 2018, healthydebate.ca/2018/10/topic/medicine-wheel

NativeAmericanVault.com. 'Animales tótem y sus significados'. NativeAmericanVault.com, www.nativeamericanvault.com/pages/totem-animals-and-their-meanings

'Penzu'. Penzu, penzu.com/dream-journal.

Visiones del peyote y realidad alternativa - Journey Shamanic. www.Shamanicjourney.com/peyote-visions-and-alternate-reality

PhD, Daniel Foor. Medicina Ancestral: Rituales para la sanación personal y familiar. Amazon, Bear & Company, 11 de julio de 2017, www.amazon.in/dp/B01MFFK2OM/ref=dp-kindle-redirect?_encoding=UTF8&btkr=1

'Psíquicos y médiums comparten 7 consejos para viajar a otros reinos'. Bustle, www.bustle.com/life/astral-projection-techniques-explore-astral-realm-psychics-mediums

'Medicina del sonajero'. Www.soundtravels.co.uk, www.soundtravels.co.uk/a-Rattle_Medicine-772.aspx

'Perspectivas de los sueños chamánicos'. Compass Dreamwork, 16 de septiembre de 2014,

www.compassdreamwork.com/Shamanic-dream-perspectives

'El sueño chamánico'. Corrosion-Doctors.org, 2022,

www.compassdreamwork.com/Shamanic-dream-perspectives

Tamborileo chamánico | Tom Magazine. tomtommag.com/2014/02/Shamanic-drumming

'Chamanismo | Tomando las riendas de su salud y bienestar'. Taking Charge of Your Health & Wellbeing, 2006, www.takingcharge.csh.umn.edu/Shamanism

'Emborronamiento para principiantes - la guía definitiva para empezar'. Zenluma, 12 de agosto de 2020,

www.zenluma.com/blog/crystals/smudging-for-beginners

'Plantas espirituales (Qué es una planta espiritual y cómo encontrar su planta espiritual)'. Teal Swan,

tealswan.com/resources/articles/spirit-plants-what-is-a-spirit-plant-and-how-to-find-your-spirit-plant-r359

'Baño espiritual: Limpieza energética DIY'. Balance, 5 de septiembre de 2020,

www.balance-withus.com/blog/spiritual-bath-diy-energy-cleanse

'Danza del Sol - Ritual y Ceremonia de los Nativos Americanos'. Dancefacts.net, 2019,

www.dancefacts.net/dance-list/sun-dance

Los. 'Los orígenes del chamanismo: Creencias e historia del chamanismo'. Gaia, 2017,

www.gaia.com/article/how-much-do-you-know-about-Shamanism

'La guía del viaje astral amateur'. The New Indian Express,

www.newindianexpress.com/lifestyle/spirituality/2013/may/12/The-amateur-Astral-travel-guide-476418.html

'Las mejores meditaciones para tener una experiencia literal fuera del cuerpo'. Bustle,

www.bustle.com/life/meditations-astral-projection

'Los cuatro vientos'. The Four Winds, 12 abr. 2016, thefourwinds.com/blog/Shamanism/what-is-a-Shamans-mesa/.

'La rueda medicinal'. Windspeaker.com, 2020, windspeaker.com/teachings/the-medicine-wheel

'El propósito de la mirada chamánica'. Percepción paralela, 16 de abril de 2012,

parallelperception.com/2012/04/16/the-purpose-of-Shamanic-gazing

La historia de Papá Noel probablemente tiene su origen en los chamanes que comen setas". Gaia, www.gaia.com/article/the-story-of-santa-claus-might-come-from-mushroom-eating-Shamans

'Los Tres Mundos chamánicos'. RoelCrabbe.com, 30 de julio de 2019, www.roelcrabbe.com/articles-about-Shamanism/the-three-Shamanic-worlds

Vaudoise, Mallorie. 'Un ritual para reconectar con sus antepasados'. Spituality & Health, 24 de noviembre de 2019, www.spiritualityhealth.com/articles/2019/11/24/a-ritual-to-reconnect-with-your-ancestors

'¿Cuáles son algunos de los diferentes estados de conciencia?'. Verywell Mind,

www.verywellmind.com/lesson-four-states-of-consciousness-2795293

'¿Qué son los 7 chakras? Una guía de los centros de energía y sus efectos'. Arhanta Yoga Ashram, 13 de junio de 2019, www.arhantayoga.org/blog/7-chakras-introduction-energy-centers-effect

"Lo que quiero decir cuando digo 'ancestros'". Impact Shamanism,

www.impactShamanism.com/blog/2021/4/9/what-i-mean-when-i-say-ancestors

www.ingramcontent.com/pod-product-compliance
Lightning Source LLC
Chambersburg PA
CBHW060624310726
48982CB00003B/662

* 9 7 9 8 8 8 7 6 5 1 2 3 1 *